Marc Schneid

STADTGEFLÜSTER

MITTEN AUS DEM LEBEN

MARC SCHNEID

STADT

GEFLÜSTER

1. Auflage

© 2021 Marc Schneid

Umschlagsgestaltung & Satz: **Marc Schneid**
Fotografien: **Marc Schneid (Copyright geschützt)**
Lektorat & Korrektur: **Isabelle Jahraus**
Bildquelle: **Freepik.com". Dieses Cover wurde mit
Ressourcen von Freepik.com erstellt.**
https://de.freepik.com/vektoren/hand'>Hand Vektor erstellt
von freepik - de.freepik.com
Herstellung und Verlag: BoD – Books on Demand,
Norderstedt

ISBN: 9783754327432

Über den Autor:

Der Autor, Marc Schneid,, 1983 in Mannheim geboren und aufgewachsen, hat die Leidenschaft für das Schreiben bereits in seiner Jugend für sich entdeckt. Neben kleineren Veröffentlichungen von Artikeln in regionalen Publikationen erscheint mit »Canarian Nights« 2018 sein erster Kurzgeschichtenband. 2019 folgten seine erste Krimireihe »Kalem-Schüler ohne Reue« und der Roman »Call me now.« Seine Figuren sind vielschichtig und abwechslungsreich und in unterschiedlichen Genres zuhause. Genau wie seine Vorbilder Ethan Cross, Max Bentow, Martin Sutter, Patrick Süskind uva. versucht er seine Leser in atmosphärische Spannung zu versetzen und gönnt ihnen erst am Ende des Romans eine Verschnaufpause.

INHALT

VORWORT

Vorweg. Es wurden weder Kameras noch Mikrofone oder Abhörgeräte irgendwo installiert. Es sind alles Beschreibungen und Wahrnehmungen aus dem Alltag, die einem so tagtäglich über den Weg laufen. Beschriebene Charaktere und Personen wurden mit Pseudonym versehen und entsprechen nicht real existierenden Personen.

Mit den verwendeten Vornamen sind natürlich nicht diejenigen gemeint, die den Namen tragen. Genauso wenig sollen sich die Personen persönlich angegriffen fühlen, wenn sie sich wiedererkennen, denn meine Wahrnehmung muss ja nicht gleich bedeuten, dass jemand genau diesem Bild entspricht. Wirkung von innen und Wirkung nach außen sind bekanntlich zwei Paar Stiefel. Viele Leser werden sich sicherlich wieder finden und froh sein, dass sie nicht alleine mit den beschriebenen Situationen konfrontiert sind und mitunter somit auch ein imaginäres Mitgefühl erhalten.

Eine Bestätigung, bevor man selbst an sich zweifelt. Die Situationen sind ironisch und satirisch beschrieben und manches ist sehr überspitzt dargestellt oder eben so wie es ist. Egal wie man es dreht und wendet. Vielleicht musste ich mich auch nur einfach mal auskötzen und Frust ablassen ☺ Dennoch denke ich ist genügend Unterhaltungspotenzial in den Alltagsgeschichten, um hier und da einfach mal schmunzeln zu können.

CYBER
ATTACKE

Ich und mein Cyberspace
Facebook & Co., sozial und so!

Ist Ihnen schon einmal aufgefallen, wie häufig die Farben Blau und Rot bei den Community-Portalen verwendet werden? Nicht? Schauen Sie doch geschwind mal nach. Ich warte kurz, bevor ich fortfahre.

PAUSE (die kann variieren, je nachdem bei wie vielen Chatrooms, Dating-Portalen oder Social Networks Sie angemeldet sind).
Reichen Ihnen 5 Minuten?

.... 1 Minute

.... 2 Minuten

.... 3 Minuten

.... 4 Minuten

....5 Minuten

.................Herzlich Willkommen zurück

Im Durchschnitt werden Sie bei zwei bis drei
sozialen Netzwerken auch Social Media genannt angemeldet sein und wenn ich falsch
liege, wird der Schritt in die Seelenentblö-
ßung über das Netz noch vor Ihnen liegen.
Meine Portale sind in der Tat nur Blau. Ob
Dating oder die „Ich poste einfach mal alles, was ich gerade tue und das gleichzeitig-
Plattform." Blau Blau alles in Blau füllt meinen kompletten Bildschirm. Zumindest bekomme ich keinen Kollateralschaden in den
Augen.
   Nun gut, Blau ist die Hoffnung und irgendwie loggen wir uns wohl immer mit irgendeinem Hoffnungsschimmer ein. Man
hofft, dass genügend Leute mitbekommen,
dass man gerade bei McDonalds in einen
Burger beißt und einem die komplette Ket-
schup-Soße aus dem Mund läuft.
   Das halte ich dann gleich mit einem Selfie
fest. Die Mädels hinter mir spielen Ducktales
und duckfacen Ihr Smartphone mit Selfies
voll, seit ich mich mit dem Tablett hingesetzt
habe. Für Duckface bin ich entschieden zu
alt und Hundeohren und Hundeschnauzen
setze ich mir auf meine geschossenen Bilder auch keine drauf.

Ich mache also ein klassisches Selfie, wie zu iPhone 2-Zeiten. Ich bekomme gleich mehrere „Gefällt mir" oder auch Likes genannt.

Zwei Kommentare:

» Wow, krass. Du isst Burger?«

» Wer hat Dich denn bei McDonalds vermöbelt, dass du blutest?«

Nachdem ich erst einmal fünf Freundschaftsanfragen aus Uganda, Kuala Lumpur und Südkorea gelöscht habe, poste ich nun, wie ich das Tablett wegräume und das Restaurant verlasse. Ich poste dann noch, dass ich jetzt zur Haltestelle laufe und mir vorher einen Fahrschein am Automaten ziehe. Wieder vier „Likes" und ein Kommentar:

» Das würde ich jetzt auch gerne machen.«

Ich poste, nachdem endlich die Bahn nach ganzen drei Minuten Wartezeit (mein Post erhält acht bedauernde Smilies und einen Kommentar:

» Du Pechvogel, hoffentlich musst du nicht zu lange warten?«, auf den Türöffnen-Knopf drücke und die Bahn betrete. Zwei Happy Smilies und ein Kommentar:

»Ich würde gerne mit Dir tauschen. Ich sitze auf der Toilette fest und kämpfe mit meiner Magen-Darm-Grippe.«

Ich habe übrigens 789 Freunde in der Liste, von denen gerade 789 online sind und davon 750 berufstätig und nur 30 Urlaub und einen freien Tag und wir kurz nach 13.30 Uhr haben. Um zurückzukommen, ich hatte gehofft, nicht alleine die lange Wartezeit auf die Straßenbahn durchstehen zu müssen und so war ich, auch wenn nur virtuell, nicht gezwungen, mich ganze drei Minuten mit mir alleine beschäftigen zu müssen.

Im Cyberspace ist die Hölle los –
Profil-Headlines und ihre Interpretation

Ich suche nix, denn was ich suche, habe ich jetzt gefunden!!! Und ich bin sehr glücklich! Deswegen bin ich auch weiterhin ständig online, weil ich so glücklich bin und anstatt mit demjenigen Zeit zu verbringen, mit dem ich angeblich so sooo glücklich bin, verschwende ich meine kostbare Zeit online, damit ich jedem, der nicht glücklich ist, sagen kann, wie glücklich ich bin!

Schreibe mich nur an, wenn du:

- intelligent bist
- gutaussehend bist
- nicht zu blond und nicht zu dunkelhaarig bist und auch keinen Rotstich hast

- Nichtraucher bist
- Keinen Alkohol trinkst
- Nicht älter als ich und nicht jünger als …
bist
- Nicht über… wiegst
- Nicht lispelst, schmatzt oder sonstige
Makel hast
- Wenn du Haare auf der Schulter hast
- Torten backen kannst
- Handwerklich begabt bist
- Gerne liest, aber nicht zu viel
- Tierlieb bist, vorzugsweise Katzen und
Papageien magst
- Ganze Sätze bilden kannst
- Gerne massierst
- Gerne Sex magst (aber nichts perverses
wie Füße kitzeln oder so)
- Gepflegt und kultiviert bist
- Keine Narben am Körper hast
- Beruflich saniert bist
- Mindestens eine Eigentumswohnung
besitzt
- Einen guten Kleiderstil hast
- Nicht schnarchst oder nachts sonstige
Geräusche von dir gibst
- Perfekte weiße Zähne hast

Und so weiter und so weiter. Also die Eier legende Wollmilchsau hat nun schon Einzug in das Privatleben genommen. Im Beruflichen Alleskönner und jetzt auch noch als Liebhaber perfekt sein. WO soll das noch hinführen? Ohne Makel. Ohne Fehler.

Sollte man doch tatsächlich in dieses gewünschte Raster passen, was ja eigentlich schier unmöglich scheint, und es dann zu einem realen Treffen kommen sollte, stellt sich einem nur die Frage, woher die Traumvorstellung kommt, wenn bei seinem Date schon die Haare aus den Schultern hervorlugen.

Er aus dem Mund riecht und anscheinend nicht gelernt hat, dass man beim Essen nicht schmatzt, und der Muffelgeruch seiner Kleidung von seiner Tischseite rüberweht.

Zudem hat er schiefe Zähne, die beim Reden an seine Lippen stoßen, und er hat schon lange keine Perlweißzahnpasta mehr benutzt.

Eine Profilstatusdefinition kann wie folgt lauten:

SEX ---› Lass uns Sex haben!

DATE ---› Lass uns ein Bier trinken und Sex haben!

CHAT ---› Lass uns ein paar Messages vor dem Sex schreiben!

BEZIEHUNG ---› Lass uns auch nach dem Sex noch ein paar Messages schreiben!

FREUNDE ---› Ich hab 'nen Partner, der von unserem Sex nix wissen darf!

NIX ---› Ich will Sex, bilde mir aber ein, so kommt's nicht so billig rüber!

AWAY ---› Bin im Büro würde aber lieber Sex haben

BESCHÄFTIGT ---› Habe gerade Sex, aber schreib mir, ich setz dich auf die Warteliste!

Lustige Profilnamen:

- Zauberpenis
- Bestrumpfsockt
- Schmusepanda
- Zames_Kätzchen92
- Erdmännchen
- Rollkragenfetisch
- Fussel

- Delfinstreichlerin
- Schmusekätzchen
- Suga_to_go
- Schmollbratling
- Tequilamäuschen

Auszüge aus Chatgesprächen:

Zuerst setze ich der Person, die mir gefällt eine Sexy Tapse, dann schreibe ich sie an mit einem »Hallo«. Ich erkenne ihn wieder, wir hatten vor zwei Jahren bereits geschrieben. Ein »Hallo« mit Smiley kommt zurück. Ich sehe, dass er mittlerweile Single ist, was damals nicht der Fall war. Ich ergreife die Chance und sage ihm direkt, dass ich gerne Fun mit ihm hätte.

Er: Ich suche im Moment eher eine Beziehung!

Ich bin verwundert und antworte forsch zurück:

Ich: Damals, als du einen Freund hattest, wolltest du Fun und jetzt wo du Single bist suchst du eine Beziehung?

Der Nächste:

Ich bekomme eine Interessant Tapse. Ich schaue mir das Profil an und finde ihn auch nicht übel, also schreibe ich ein Danke und ein „Wie geht's?"

Er: Danke gut und dir?
Ich: Gut. Danke. Was suchst du hier so?
Er: Spaß und Beziehung
Ich: Wann kannst du?
Er: Ich kann nur Montag & Donnerstag Mittag
Ich: Wieso? Arbeitest du Schicht?
Er: Nein. Ich kann aber nur mittags
Ich: Ich dachte du bist doch Single?

Der Nächste:

Er: Hey, Du gefällst mir total
Ich: Danke, finde dich auch sexy
Er: Bist du besuchbar?
Ich: ja
Er: Wohnst du allein?
Ich: ja
Er: wann hast du Zeit?
Ich: jetzt
Er: Jetzt kann ich leider nicht
Ich: Wann kannst du?
Er: Lass uns spontan machen

Eigentlich löst sich jedes Mal das Gespräch in Luft auf, nachdem man sich oben und unten ohne Bilder geschickt hat und der Gegenüber, der massives Interesse vorgegaukelt hat und bereit war für ein reales Treffen, einfach nicht mehr antwortet.

Tatsächlich verlaufen neunzig Prozent der Gespräche so ab. Würde sich wirklich aus solchen Kontakten etwas Ernsthaftest entwickeln und man allen Komplimenten und Annäherungsversuchen Glauben schenken, wäre ich über die Jahre schon mehrmals verheiratet und wieder geschieden. Hätte mehrere Dreiecksbeziehungen gehabt.

Wäre der Grund für unzählige Seitensprünge gewesen, was wohl am häufigsten zutrifft, weil ja nicht jeder sein Profil und seinen Beziehungsstatus der Wahrheit entsprechend ausfüllt. Spaß haben ist ja mal ganz schön, aber im Ernst.

Wer möchte schon gerne als Single das Spielzeug für gelangweilte Pärchen sein? Es ist immer was anderes, wenn zwei Singles unverbindlichen Sex haben, als wenn man bei irgendeinem Offene-Beziehungs-Modell beteiligt ist, von dem man erst nach dem Beischlaf erfährt.

Der Nächste:

Ich: Hey Hübscher, ich finde dein Profil sehr interessant
Er: Ach, halt's Maul

Der Nächste:

Ich: Hey, sehr sympathisches Profil
Er: Danke für dein Interesse, aber ich glaube
unsere Profile passen nicht zusammen
Der Nächste:

Er: Oh mein Gott, bist Du ein hübscher Mann!
Ich finde Dein Profil total sympathisch und
authentisch. Melde Dich doch bitte bei mir,
wenn Du auch Interesse hast. Lg Markus

Ich: Danke, finde Dich auch interessant. Was
machst DU gerade?

Er: Ich bin auf der Arbeit, habe aber gleich Feierabend und dann freu ich mich erst mal auf
eine Dusche zu Hause.

Ich: Ich bin auch auf der Arbeit. Was arbeitest
Du?

Er: Ich bin bei einer Sektkellerei und Du?

Ich: Vermietung und Verwaltung.

Er: Gehst Du gerne schön Essen?

Ich: Ja, aber nicht zu chic und zu teuer.

Er: Nein mag's auch nicht schickimicki. Isst Du Fleisch?

Ich: Ja. Ich habe keine Nahrungsmittelmacken.

Er: Lol. Ich auch nicht. Nur Laktoseintoleranz.

Ich: Das ist ja nicht schlimm, ich meinte, ich bin recht unproblematisch was Nahrungsmittel betrifft.

Er: Cool. Ich versuche, wenig Milchprodukte zu essen oder nehme vorher eine Tablette. So ich fahre jetzt heim. Melde mich später Traummann.

Ich: Bis später.

1 Stunde später dann...

Er (daheim): Hey, alles klar.

Ich (daheim): Hey, ja esse gerade und gucke fern.

Er: Ich habe schon gegessen und brauch jetzt unbedingt eine Dusche.

Ich: Rrrrrr, ich mag Duschen zu zweit.
Er: Ja, das können wir gerne mal machen *Smilie. Melde mich danach.

Ich: Ich bin gespannt.
Er: Wieso?

Ich: Naja, du hast gleich die Zeitspanne übersprungen, in der die Euphorie anhält.

Er: Meinst Du? Also ich finde Dich sexy und total interessant und die Entfernung Wiesbaden und Mannheim stellt ja kein Problem da. Als Vertrauensbeweis gebe ich Dir meine Handynummer.

Ich: Ich schicke meine Nummer als Antwort.

Später um 20 Uhr. Mittlerweile zu WhatsApp gewechselt und er schickt jetzt Sprachnachrichten, anstatt zu schreiben

Er: Hey, Hübscher

Ich: Hey. Hast eine schöne Stimme.

Er: Danke

So geht das etwas hin und her bis er sich dann abrupt sich aus dem Gespräch klinkt, nachdem er meine Sprachnachricht erhalten hat

Er: So ich klinke mich mal aus. Ciao

Ich: Oh, jetzt hast Du meine Stimme gehört und schwupps bist du weg.

Er: Lol. Nein, wieso? Die Show fängt an.

Ich: Ok. Have fun.

Er: Danke, Du auch.

Ich denke, wieder ist der Braten gegessen und am nächsten Morgen überlege ich, ob ich ihn nochmal anschreiben soll oder nicht. Natürlich springe ich über meinen Schatten und schreibe ihn an.

Ich: Moin moin.

Er: Hab einen schönen Tag.

Ich: Danke.

Er: Bin gerade auf der Arbeit.

Ich: Ich habe heute frei.

Er: Genieß es.

Es klang schon nüchterner als gestern und eigentlich hat es auch wieder die 24 Std. Anhaltdauer der Chat-Euphorie bestätigt. Ich bleibe locker, doch als den restlichen Tag keine Nachricht mehr kommt, habe ich das Ganze abgehakt.

Um 22 Uhr erreicht mich dann eine Nachricht von ihm:

Er: Es kommt nix mehr. Alles klar. Mach's gut.

Ich: Hä? Ich habe Dir doch heute morgen geschrieben und du hast mich gleich abgewürgt.

Er: Ich war arbeiten. Aber mich hat gestern schon gestört, dass du mir unaufgefordert Nackedeibilder geschickt hast.

Ich: Bitte? Gestern hat es Dich nicht gestört.

Er: Ja. Aber ich kann Dir nicht geben, was Du suchst.

Ich: Was brauch ich denn?

Er: Viel Sex. Mir ist das nicht so wichtig.

Ich: Aha. Wenn Du das meinst. Hast Du oder willst also mit Deinem Partner keinen Sex?

Er: Nicht viel. Und Du brauchst viel Sex. Das merkt man. Ich bin wohl zu alt für den Käse (Er ist 38 Jahre alt).

Ich: Du meinst, Du bist wohl eher verklemmt.

Er: Ich bin eher tiefgründiger.

Ich: Hattest Du mit Deinem Freund keinen Sex?

Er: Doch, aber selten. Sei mir nicht böse, ich weiß auch nicht, was mich gestern geritten hat. Ich hatte wirklich die Vorstellung, es könnte bei uns beiden passen.

Ich: Danke, dass Du denkst, ich bin nicht tiefgründig, nur weil ich Sex mit meinem Partner will. Du guckst Schwiegertochter gesucht auf RTL! Hallo?

Er: Ja, um zu sehen, was es doch für arme Schweine gibt und ich dann merke, wie normal ich bin.

Ich: Du findest das, was du gerade machst und schreibst normal? Hmm, okay.

Er: Mach's gut.

Ich: Danke. Du auch. (Und such Dir bitte Hilfe.)
Das denke ich nur und schreibe es ihm nicht.

Normal oder besser gesagt früher hätte ich mich auf eine ellenlange Diskussion eingelassen. Mittlerweile lasse ich mich nicht mehr auf diese pseudo-Spielchen bei Chat-Bekanntschaften mehr ein.

Ich weiß nicht, wie ich es erklären soll, aber ich bin wie eine Zielscheibe für psychisch beeinträchtigte Männer. Ich muss gar nicht großartig aktiv werden.

Sie fallen mir einfach so zu. Ich hake solche Begegnungen schneller ab als früher, doch trotzdem ist es wirklich sehr traurig und erschreckend, das gefühlt jeder zweite oder dritte Kandidat eine Schraube locker hat, und wir reden hier nicht von realen Begegnungen, sondern nur von virtuellem Kennenlernen.

Es ist nicht leicht, keine Phobie zu entwickeln, wenn man von einem potenziellen Kandidaten angeschrieben wird, der einen schon als Traummann und Heiratskandidaten auserkoren hat und dann nicht mal den nächsten Tag übersteht.

MITTEN
AUS DEM LEBEN

Chill mal Dein Leben –
Verbindlichkeiten Nein Danke!

Nicht nur Lebensmittel, Gebrauchsgüter und Menschen haben ein Verfallsdatum. Nein! Auch Wörter und Bedeutungen erleben mit den Jahren Veränderungen oder verschwinden ganz aus unserem Wortschatz.

Ganz spontan fällt mir da „spon·t<u>a</u>n" ein. Das alte „spon·t<u>a</u>n" ist nicht wie das neue spontanere „spon·t<u>a</u>n". Das Spontanste, was es zur Zeit auf dem Markt gibt. An sich erklärt sich das Wort schon selbst, doch auch hier gibt es Abwandlungen in der Benutzung und im Verstehen des Anwenders und an den, an den es gerichtet ist.

Der DUDEN beschreibt es wie folgt:

1. aus einem plötzlichen Impuls heraus, auf einem plötzlichen Entschluss beruhend, einem plötzlichen inneren Antrieb, Impuls folgend
2. (bildungssprachlich, Fachsprache) von selbst, ohne [erkennbaren] äußeren Anlass, Einfluss [ausgelöst]

Vielleicht irre ich mich und das „alte spontan" wurde von mir bisher nicht in seiner Komplexität betrachtet. Wie dem auch sei.
Jedenfalls fliegen mir ständig die Definitionen des „neuen spontan" um die Ohren, so dass ich DUDEN schon anschreiben wollte, wann genau die Geburt oder die Verwandlung von einem bereits existierenden Wortes oder der Bedeutung, in dem Fall „spontan", generell so stattfindet oder eben schon stattfand. Wenn ich meiner Wahrnehmung vertraue und mich mein Gedächtnis nicht im Stich lässt müsste es um 2012/2013 passiert sein.

Es gab auch keine wirkliche Katastrophe oder ein Unglück, woraus sich das dann plötzlich verselbstständigt hat. Es brodelte einfach zwanzig Jahre in den Kindern der 90er Jahren.

Doch der Mythos breitet sich aus und befällt mittlerweile Jung und Alt. Alle Generationen folgen dem neuen Ruf des Wortes und benehmen sich wie ihr Kind oder Enkel.

Das war Ihnen jetzt alles viel zu trocken und theoretisch dargestellt?

Dann folgen Sie bitte nun den kommenden Zeilen und freuen sich auf die Beispiele:

Szene 1: Im Kopf eines Neuspontaners

»Ich will unbedingt auf das Konzert von Coldplay nächstes Jahr, und kaufe jetzt ein Jahr im Voraus schon mal die Karte für zweihundert Euro. Ob ich dann wirklich hingehe, kann ich erst zehn Minuten vor Konzertbeginn sagen.

Das ist natürlich doof, da ich zweieinhalb Stunden Anfahrtsweg habe. Da ich aber nicht weiß, wie ich mich an dem Tag fühle und ob ich Lust habe, dort hinzugehen, wird das alles sehr spontan. Drei von vier meiner Freunde sind genauso eingestellt und spontan wie ich.

Der vierte Freund hat halt dann Pech und muss zur Not dann sehen wie er klar kommt. Die Gruppentickets und die gemeinsame Fahrt im Auto wären für uns fünf ideal, wäre da nicht der Zwang, neuspontan sein zu müssen.

Der vierte Freund ist eben Altspontaner, sein Problem, vielleicht schafft er die Fahrt auch in den letzten zehn Minuten vor Konzertbeginn. In der Not frisst der Frosch Fliegen. Hahaha und ich merke gar nicht, wie dämlich und selbstsüchtig ich mich eigentlich verhalte.«

Die eigentliche Frage stellt sich doch, ob sich heute noch Gruppentickets und Gruppenrabatte lohnen, wenn drei Viertel der Gruppe gar nicht anwesend sind?

Szene 2: Ein Gespräch zwischen Altspontaner & Neuspontaner

»Hey, was machst Du denn kommenden Samstag? Hast Du Zeit für einen Stadtbummel oder Lust ins Kino zu gehen? Der neue Star Trek Film läuft, den wolltest Du doch unbedingt mit mir sehen«

»Puh, das weiß ich jetzt doch noch nicht, ob ich da Zeit habe.«

»Wieso, hast Du schon etwas anderes vor?«

»Nein, eigentlich nicht, aber ich kann doch nicht schon vier Tage vorher ja sagen. Ich weiß ja nicht, was bis Samstag ist. Lass uns das spontan machen.«

Bedenken Sie. Person zwei wurde gleich mit zwei lebensveränderten Entscheidungen konfrontiert. Shoppen gehen und Kino. Nicht etwa, Tor 1, 2 oder 3, wo das ZONK! Plüschtier warten könnte oder das rote Cabriolet.

Nein! Einkaufen und Kino. Alles Dinge, die für einen sehr belastend sein können und wahrscheinlich über das weitere Leben entscheidend sind.

Da kann man nicht einfach fest zusagen. Wo denken Sie denn hin? Sie müssen locker bleiben, auch wenn ihr Samstag dann im Arsch ist weil Sie sich den jetzt freigehalten haben ohne wirklich verabredet zu sein.

Dann hocken Sie jetzt halt den ganzen Samstag zuhause alleine rum und? Macht doch nichts! Man muss sich eben der Zeit anpassen, seien Sie doch mal lockerer in ihrer Zeiteinteilung. Auch wenn Ihnen alles dabei entgeht. Macht doch nichts.

Szene 3: Umzug eines Neuspontaners

Vor kurzem hörte ich im Hausgang, wie einer alleine seinen Umzug meisterte, das kommt natürlich bei dem einen oder anderen Altspontaner sicher auch vor, denn nicht jeder

Mensch ist spontan oder hat soziale Kontakte im Überdruss, da ist ja jeder Mensch unterschiedlich, doch das, was ich hörte, war genau einer aus der Kategorie Neuspontan, oder Generation Y Schrägstrich Millennials.

Glauben Sie mir, es waren noch mehrere Kriterien gegeben, um das sagen zu können. Jedenfalls musste der schmächtige, bartlose Kerl, obwohl immerhin fünf von fünfzehn seines Bekanntenkreises mit »Auf jeden Fall helfen wir Dir!« geantwortet hatten, die Waschmaschine, den drei Meter breiten und zwei Meter hohen Kleiderschrank, die rustikale Echtholzkommode und die ca. sechzig Bauhaus-Umzugskartons alleine in den vierten Stock transportieren.

Bei seiner Einweihungsfeier, zwei Wochen später, kamen dann immerhin sieben Neuspontaner von ursprünglich fünfundzwanzig Zusagen.

Gut, dass er kein 5-Sterne Buffet beim teuren Partyservice um die Ecke bestellt hat, sondern lediglich Baguette mit drei kleinen Schälchen Brotaufstrich und Käsewürfel mit Trauben vorbereitet hat.

Zu seinem Glück gab es für die sieben Gäste spontan an diesem Samstagabend nichts Aufregenderes, so dass das kostenlose Essen & Trinken gelegen kam, um nicht wieder beim Einkaufen & Kochen überfordert zu werden.

Denn Einkaufen und Kochen beides an einem Tag, kann auch bei jungen Menschen schon zu Hitzewallungen und Bluthochdruck führen. Können also feste Zusagen schon zu

Burnout führen? Sind nur der Stress auf der Arbeitsstelle oder im privaten Beziehungs- dschungel Auslöser? Oder hat die Generati- on Y Schrägstrich Millennials schon einen Schutzmechanismus mit diesem „neuspon- tan" entwickelt, um nicht auch noch privat völlig am Rad zu drehen und auf den letzten Nervensträngen zu balancieren?

Können simple, schöne Dinge wie Verab- redungen mit guten Freunden schon der letzte Tropfen Wasser sein, um das Fass zum Überlaufen zu bringen? Haben die He- likoptereltern ihre Kinder schon im Kindesal- ter so traumatisiert, dass das ihr Körper erst mal drei Jahrzehnte abbauen muss, um nicht mit zwölf Jahren schon in Dauerthera- pie zu landen?

Stellt man das Gespräch von dem besag- ten Samstagabend mit Shoppen oder Kino mit dem Ampelsystem bildlich dar, sind die vier Tage vorher, bei der Person eins eine Entscheidung angefordert hat, schon Alarm- stufe Rot. Freitag wäre dann die wackelnde, neutrale warm werdende gelbe Zone gewe- sen und kurz vor Filmbeginn wäre das grüne Go-Zeichen gewesen.

Sprich, man muss den kurzen Zeitraum erahnen, in dem man die Neuspontaner cat- chen kann, um eventuell doch nicht wieder den Samstagabend alleine verbringen zu müssen, obwohl man zweihundertdreiund- dreißig Freunde bei Facebook verzeichnen kann und in zwanzig WhatsApp- Gruppen vertreten ist.

EINKAUFS
ERLEBNISSE

Einkaufserlebnisse die Erste-

Wenn Singles mehr einkaufen als Pärchen

»Ich hätte gerne fünfundzwanzig Gramm mageren Schinken. Halt! Machen Sie nochmal die Hälfte davon und hauchdünn bitte, so dass man den Schinken kaum bemerkt.«

Passiert es Ihnen des Öfteren, dass Sie manchmal doppelt soviel Zeit fürs Einkaufen benötigen und es nicht einmal Ihre eigene Schuld ist, weil sie etwa für die ganze Woche einkaufen?

Die Einkaufsgewohnheiten haben sich drastisch verschlimmert und es wird Sie überraschen, denn es liegt meistens nicht an Ihnen, weil Sie evtl. desorientierter oder des Alters wegen langsamer geworden sind.

Nein! Meist sind es diejenigen, die genau zur gleichen Zeit vor einem stehen und an jedem herkömmlichen Einkaufsgut eine wissenschaftliche Untersuchung durchführen bis es einem den Magen umdreht.

Schlimmer. Man hat schon ein schlechtes Gewissen, dass man die 1,5% Fettanteilsmilch anstatt die 3,5%ige gewählt hat (Falsch! Jetzt sind es ja 1,8 und 3,8 und länger haltbar aber nicht zu verwechseln mit der H-Milch. Also der Bio H-Milch oder war es doch die Weidenmilch?) Nun gut, an der Milchvielfalt im Regal sind jetzt die sich auf dem Markt etablierten Neuzugänge Schuld.

Muss man dennoch mit Vorsicht und Argusaugen darauf achten, nicht den falschen Tetra Pack oder die falsche Glasflasche zu erwischen.

Kurzum. Notorisch einfach mal allen Anwesenden samt Verkäufern und Kassierern, die schon Schweißperlen auf der Stirn haben, im Geschäft auf den Sack gehen.

Und selbst dem jugendlichen Mitdreißiger wie mir fangen die Nervenmuskeln an zu zucken und man hätte gerne diese Holzstangen parat, mit der früher schlechte Comedians oder Tänzer von der Bühne geholt wurden. Die mit der runden Halsbiegung.

Sieht aus wie ein umgedrehtes vertikal gespiegeltes »J«.

Da diesen Menschen jedoch jegliches Mitgefühl und Empathie für ihre Umwelt und Umgebung zu fehlen scheint, ziehen sie diese nervenaufreibende Prozedur schmerzlos Einkauf für Einkauf durch.

Egal ob die Schlange mittlerweile bis fast zur gegenüberliegenden Straßenlaterne anwächst und die Wartenden Pomambo tanzen müssen, weil man sich gegenseitig zusammendrückt.

Und dann, wenn beinahe das kleine Sesambrötchen in die Tüte fällt, geschieht das Unfassbare. Moment!. Die Verkäuferin fängt noch rechtzeitig das kleine Ding mit ihrer Zange ab. Wo genau kommen denn die Sesamhülsen her? Sind die mit der Hand hergestellt oder industriell? Vielleicht nehme ich doch lieber ein Soja-Croissant und Quinoa-Kekse.

» Tut mir leid, das führen wir nicht!«

Der Einkaufsterrorist runzelt die Stirn. Nun legt er erst so richtig los.

Man mag das vielleicht für eine Komödie halten und irgendwie wartet man, dass das „Verstehen Sie Spaß-Team" hereinspaziert, aber leider weit gefehlt.

Es ist der neue pure Einkaufsalltag. Warum diese Personen nicht gleich eine Bio-Bäckerei aufsuchen? Nicht doch, da wäre man ja nur einer unter den grünen Lebensaktivisten und gewöhnlich und könnte nicht aus der Masse hervorstechen. Ich möchte niemanden bewusst beschuldigen, zu beabsichtigen, seine Mitmenschen beim Einkaufen zu terrorisieren.

Vielen wird es selbst gar nicht auffallen, was sie auslösen und den anderen damit antun. Sie schweben eben auf einer Wolke, auf einer anderen Ebene in einem anderen

Universum. Tatsächlich halten sie den ganzen Betrieb auf, kaufen nicht einmal das kleine Sesambrötchen, und haben dann gleich noch die Hälfte der potenziellen Kunden vergrault.

Wahnsinn, was eine Person alleine anrichten kann und stellen Sie sich vor, es laufen davon ja mehrere im Supermarkt herum.

Geschätzt ist jeder vierte unter den Kunden prädestiniert dazu, anderen mit seiner Anwesenheit Einkaufsqualen zuzufügen. Hochgerechnet wird es in wenigen Jahren dann jeder Zweite sein, der beim Einkaufen nervt.

Einkaufserlebnisse die Zweite –
Die Regalblockierer

Wenn Ihnen diese Situation noch nicht vorgekommen ist, kennen Sie sicherlich die Kühltheken- und Regalblockierer im Supermarkt. Ich rede nicht von den vollen Paletten, die die Einkaufsgänge tagsüber versperren, weil die Nachteinräumbrigade zu teuer wurde, sondern von den Ingredients-Leseliebhabern.

Gebückt, kniend oder stehend. Sie blockieren. Die Allergiker, bei denen es gesundheitstechnisch notwendig ist, schließe ich hierbei aus. Die sind aber die ganzen Jahre auch nie wirklich aufgefallen oder waren eine Belastung.

Jetzt werden die eh schon engen Einkaufsgänge noch enger, so dass man riesige Umwege laufen muss, um an eine dumme Kleinigkeit zu gelangen, die sich neben dem Blockierer befindet. Dakann einem schon etwas Galle aufsteigen.

Keiner behauptet, Einkaufen sei immer entspannt oder macht Spaß, aber dieses aus dem Nichts aufgetauchte Minenfeld, könnte auch gut eine Vorlage für ein Videogame sein, bei dem man mehrere Levels gestalten kann.

Der Endgegner steht dann an der Kasse, hält nur zwei Artikel in der Hand und man denkt, oh hier bin ich schneller dran, und der dann seinen Jutebeutel aus dem Cord-Mantel hervorholt und erst einmal in Zeitlupe das Fließband belädt.

Auch hier kann man dann nochmal die fehlenden Informationen aus der Kassiererin herausquetschen, die vorher beim Ingredients lesen nicht schlüssig genug waren und er von einem herkömmlichen Einkäufling gestört wurde.

Wie kann jetzt der Einkäufling auch nur an das Regal wollen? So was aber auch! Wie kann er nur im Supermarkt was kaufen wollen? Verkehrte Welt.

Ich wollte tatsächlich nur schnell einen Saft kaufen und dafür nicht eine Stunde im Supermarkt verbringen. Man muss sich komplett neu organisieren.

Am besten grundsätzlich 45-60 Minuten mehr für das Einkaufen einplanen. Vorsichtshalber alle Folgetermine absagen oder gar nicht erst Verabredungen danach treffen. Sie könnten zur Not auch einen halben Urlaubstag einen Tag vorher bei der Arbeit einreichen, falls Sie morgens schnell etwas für die Mittagspause besorgen wollen.

Geschickt wäre auch eine neutrale, immer einsatzbare vorfrankierte Krankmeldung und Ihr Handy parat halten, um sich kurzfristig mit rauer, belegter Stimme beim Chef zu entschuldigen. Im schlimmsten Fall, können Sie sich ein Schuldeingeständnis vom Verursacher unterschreiben lassen, damit Sie beweisen können, völlig zu unrecht die Zeit vertrödelt zu haben.

Einkaufserlebnisse die Dritte –
Podiumsdiskussion am Gemüseregal

Kennen Sie noch Vera am Mittag oder Arabella Kiesbauer? Die Talkshows im Fernsehen? In den Jahren leider drastisch reduziert gibt es sie jetzt wieder in der Neuauflage als Realentertainment bei Rewe, Edeka oder Nah und Gut. Manchmal bei Penny oder an den ungünstigsten Stellen, an denen andere Leute vorbeilaufen müssen, um irgendwohin zu gelangen.

Herzlich Willkommen bei: „Wir diskutieren unser Leben aus und jeder muss daran teilhaben." Wir machen unsere Talkrunde überall und wo es uns gefällt und jeder muss es ertragen, ob er möchte und nicht. Bekanntlich bestehen diese Grüppchen aus zwei oder mehr Personen.

Oft in herbstlicher Farbpalette gekleidet, aber nicht zwingend jedes Mal. Es kann auch vorkommen, dass nur eine Person anwesend ist und die andere sich am anderen Ende der Smartphone-Leitung befindet.

Auch das kann durchaus zu einer Podiumsdiskussion führen. In Zeiten modernster Technik werden ja schließlich auch wichtige Geschäftspartner, Politiker für wichtige Abstimmungen oder Vortragsbeteiligte aus anderen Ländern via Facetime, Skype oder Videotelefonie zugeschaltet.

Jedenfalls kommt es einem so vor, als befände man sich als Zuhörer in einem Vortrags- oder Hörsaal. Wozu auch Einkaufen, wenn einem die Obst - und Gemüsetheke das ideale Rednerpult bietet.

Hier lässt es sich doch viel besser Sinnloses schwadronieren oder noch besser

»Moment Annika, die Kassiererin scheint etwas von mir zu wollen«

Ich schätze mal, bezahlen? Wie ich finde nur fair den anderen gegenüber, die in der Warteschlange stehen. Aber das ist wohl auch wieder Auslegungssache.

Nachdem ich dann ich und die sechzehn anderen Kunden, die tatsächlich geistig mit allen Sinnen einkaufen, unserer Privatsphäre und dem eigenen Einkaufserlebnis beraubt wurden, wurde mir klar, dass eben an der Obsttheke zukünftig die Podiumsdiskussionsliebhaber lauern werden.

Hier kann ich nicht abschalten, hier muss ich schnell die Kurve kratzen und den Laden verlassen. Dabei stolpere ich natürlich über die Smartphone-Telefonistin Iris, die nach dem Bezahlen noch an der Schiebetür hängen bleibt. In einem Atemzug so eine Glanzleistung vollbringen, ohne einmal das Smartphone aus der Hand legen zu müssen.

Selbst Hindernisse können Iris nicht ablenken. Eine Symbiose aus hoch brisantem Telefontalk und einhändiger Geschicklichkeit.« Es ging darum, dass Thomas, Iris' Exfreund, jetzt mit der bisexuellen Elvira liiert ist, die wiederum davor mit ihrem Kommilitonen Anton ein kurzfristiges Techtelmechtel hatte. Thomas lernte sie dann bei einem Dreier mit Anton kennen, weswegen Iris mit Thomas wegen seinem zweifachen Seitensprung und seiner bisexuellen Neigung Schluss machte.

»Hach, Annika, unterbricht sie mehrmals, Moment, mir rutscht gerade die Selleriestange aus dem Arm. So, jetzt bin ich wieder voll da.«

Man schaut ja diesem Gesprächsspektakel einfach zu, als wäre man in Schockstarre. Man wird in sekundenschnelle in das Geschehen mit eingebunden. Wie bei einer Telenovela.

Man muss nur eine halbe Folge sehen und man weiß über alle Figuren und deren Irrungen und Wirrungen und Verwandtschaftsgrade Bescheid und kann der Geschichte sofort folgen. Wie lange es wohl dauert, bis mal jemand Amok läuft, weil er diese penetranten Einkaufsignoranten nicht mehr erträgt?

Nichts ahnend, geistig recht gesund, durchdreht Einkaufswägen herumschleudert oder mit Konserven um sich wirft.

Ich bin noch recht weit von der Vorstellung entfernt, doch lässt sich oft diese Bereitschaft bei den Mitleidenden in den Gesichtern ablesen. Dass man in die Kühlregale fast hineinkrabbeln muss, um die normalen Lebensmittel zu erhalten, hatte ich schon erwähnt? Und zu allem Übel hat man dann diese Talkrunde im Nacken sitzen.

»Weißt Du, ich habe mir doch letztens eine Suppe gemacht. Ich glaube, ich mache mir wieder eine Suppe.«

»Das ist eine echt gute Idee. Ich sollte mir auch mal eine Suppe machen, ob man hier die nötigen Zutaten findet, was meinst Du?«

Endlich habe ich die Milch aus dem Regal gezogen, um zu Hause festzustellen, dass ich doch wieder die dünne 1,5%-haltige Tetra Pack-Packung erwischt habe.

Und welche Art von Suppe es gab, weiß ich immer noch nicht. Ist das ein sich wiederholender, niemals endender Alptraum, oder ist es eine schlechte Angewohnheit, die sich personifiziert hat und sich bald wieder legen wird? Ich denke nicht! Es ist erst der Anfang der Invasion durch die Marsianer. Ich fürchte mich davor!

Einkaufserlebnisse die Vierte –
Die Arena ist eröffnet

Der eine oder andere erinnert sich vielleicht noch an die DDR, als uns die Westnachrichten Bilder von den Warteschlangen an den Essensausgabestellen zeigten, bei denen die Ostdeutschen nur mit mit Wertmarken einkaufen gehen durften und auch das Sortiment sehr spärlich ausgefallen war.

Da waren eine Banane oder eine Mango im Regal schon ein Highlight, aber für jeden gab es etwas zu essen, nur eben nicht mit der übertriebenen Auswahlmöglichkeit, die wir heute in den Supermärkten vorfinden.

Heute, wo keiner mehr Zeit hat und nur noch mit ausgefahrenen Ellbogen herumläuft und nur an sein eigenes Wohl denkt, wäre so ein Tante-Emma-Laden aus der DDR undenklich.

Hatte man damals vielleicht sogar noch seinem Nachbarn oder sogar einem Fremden etwas von seiner Ration abgegeben, damit er über die Runden kam, beugt man sich heute eher dem Futterneid und schaut, dass der eigene Einkaufswagen nur für einen selbst bestimmt ist.

Egal, ob Leute schon in einer langen Warteschlange anstehen, ich bin mir wichtiger. Ich will jetzt sofort drankommen, bevor ich nicht genügend abbekomme.

Egal, ob die Auslage beim Metzger oder Bäcker fast überläuft, es könnte ja jemand in der Warteschlange stehen und plötzlich alles aufkaufen, da drängle ich mich lieber dreist vor, bevor ich nur noch drei Lyoner-Sorten anstatt fünf zur Auswahl habe. Oder ein weiteres klassisches Beispiel sind die Buffets in Hotels.

Wenn man schon angemotzt wird, weil man es gewagt hat, mit seinem leeren Teller links anstatt rechts anzustehen, nur weil man sehen will, was da leckeres angeboten wird, bevor man sich entscheidet sich dafür anzustellen. Die Tische quellen über.

Das Essen wird ständig nachgefüllt, aber nein, ich könnte ja demjenigen von den hundert Vor- & Nachspeisen etwas wegnehmen. Aber erst mal zurück zu den Wurst- & Brottheken von heute. Sie haben sich sicher schon gewundert, warum Supermärkte verstärkt Securities haben.

Die Männer und Frauen in schwarzer Uniform und Headset, die beinahe aussehen wie Bodyguards. Jetzt könnte man meinen, oh hier wird sicher viel geklaut, aber tatsächlich wurden sie engagiert, um die Ausschreitungen, die immer häufiger beim Einkaufen von Kunden ausgelöst werden, zu deeskalieren. Ja, Sie haben richtig gehört.

Es prügeln sich vermehrt Kunden um Nahrungsmittel, dabei ist weder ein Atomkrieg ausgebrochen, noch eine Hungersnot in Sicht. Eine Katastrophe gab es auch keine und die DDR ist auch nicht zurückgekehrt. Es sind einzig und allein nur der Futterneid und die Ignoranz anderer Menschen gegenüber die Auslöser, dass sich im einundzwanzigsten Jahrhundert in Deutschland Menschen wegen Essen schlagen.

Natürlich ist das traurig und schwer nachvollziehbar und vielleicht würde man das noch eher bei einer sozialen Einrichtung wie Die Tafel vermuten, aber sie müssen sich nur einmal an einem ganz gewöhnlichen Tag beim Metzger oder Bäcker in einem Einkaufszentrum ihres Vertrauens anstellen und sie werden es miterleben, wie weit es mit unserer Gesellschaft gekommen ist. Jetzt würde man vermuten, dass vielleicht eher mal Männer mit ihrem aufbrausendem Temperament über die Ziellinie hinausschießen, doch es sind mittlerweile sogar eher Frauen, die sich darum prügeln, bei wem das Schnitzel als erstes im Einkaufswagen landet. Natürlich muss man sich nicht alles gefallen lassen, wenn sich jemand dreist von der Seite vordrängelt, aber denjenigen gleich an den Haaren zu ziehen, zu ohrfeigen und zu schlagen?

Bitte. Kann einem Menschen so viel Empathie abhanden gekommen sein, dass er selbst nicht merkt, wie armselig sein Verhalten ist. Wie viele Menschen gibt es auf der Welt, die sich zehn Stunden an so eine gottverdammte blöde Fleischtheke stellen wür-

den, nur um einzig eine Scheibe Wurst ab-
zubekommen?

Was passiert denn, wenn wirklich mal eine Notsituation bei uns ausbrechen sollte.
Dann geht man dann wohl nur noch bewaff-
net zur Fleischtheke und holt sich dann
gleich selbst das Stück Rindfleisch aus der
Auslage und schneidet sich ein Stück ab.

Wohlmöglich müssen dann die Metzge-
reien und Bäckereien aufrüsten und ihre
Theken mit Panzerglas und Sichtschutz aus-
rüsten und man muss dann am Anfang der
Schlange eine Nummer ziehen und muss
warten, bis sie aufgerufen wird und sich
dann die kleine Durchgangsschranke öffnet,
die einen dann zu der Sülze und der Mett-
wurst lässt. Wohl gemerkt, wir befinden uns
immer noch nicht in einem Krisengebiet und
uns wird auch nicht die Tüte im Einkaufswagen sofort herausgeklaut. Und außerdem.

Wie peinlich muss es denn noch werden,
wenn bei der Polizei in der Anzeige steht,
dass man sich wegen Wurst oder Brot blutig
geprügelt hat und man deswegen vorbe-
straft ist. Da sollte man vielleicht mal recht
schnell sein Einkaufsverhalten überdenken,
denn es werden ja sicher noch Einkäufe folgen und ich wollte nicht im Gefängnis mit
Mördern und Vergewaltigern landen, nur
weil ich mich mehrmals um eine Wiener oder
ein Mettwürstchen geprügelt habe.

Und überhaupt. Wegen so etwas unsere
Ordnungshüter zu behelligen. Bitte. Leute.
Reflektiert euch doch mal bitte mehr selbst.

Naja, unsere Ordnungshüter müssen ja
auch schließlich Anzeigen wegen Garten-

zwergen oder Sträuchern nachgehen, die 2 cm über das Grundstück des Nachbars herüberwachsen, da passt das schon ganz gut in die Kategorie der schwachsinnigen Ordnungswidrigkeiten hinein.

Einkaufserlebnisse die Fünfte –
Bitte gebt mir Fleisch zu essen

Wir haben Samstagmorgen kurz nach halb elf. Ich schlendere durch die Gemüseabteilung meines kleinen Supermarkts um die Ecke, der wirklich nur aus netten Mitarbeitern besteht, was ja nicht immer der Fall ist. Da sehe ich schon einen jungen Vater mit seinen zwei kleinen Söhnen vor mir durch die Regale schleichen.

Noch wirkt alles normal. Ich passiere die Kühltheken und komme in den Gang für Weizenmehlprodukte. Da hör ich es. Der Vater mit den zwei kleinen Söhnen schaut in seinen grünen Einkaufskorb und traut seinen Augen kaum.

»Jonathan, was hast du denn da in den Korb gelegt?«

Jonathan nimmt die Hand vor den Mund und kichert.

»Was macht denn die Rindfleischbrühe da drin?«

Ich stehe mittlerweile vor den Ritter Sport Schokoladentafeln und stöbere durch das Sortiment. Ich bekomme große Augen und kann kaum glauben, dass mir zum ersten Mal im Leben ein Kind begegnet, dass sich so sehnlichst Rinderbrühe wünscht und in den Korb schmuggelt, anstatt haufenweise Süßigkeiten in den Händen zu haben und den Vater oder die Mutter anzuflehen, etwas davon haben zu dürfen.

Welches Kind möchte mit vier Jahren lieber Rinderbrühe? Unauffällig laufe ich an den drei vorbei und erhasche schnell einen Blick in den Einkaufskorb. Sojaschnitzel, Tofu-Wurst, Sojamilch und Rote Beete.

Alles klar. Die Rindfleischbrühe war ein Hilfeschrei. Jonathan hat wohl die vegane Ernährung seiner Eltern satt und übt den Protest. Ich schaue in meinen Einkaufskorb und bekomme ein schlechtes Gewissen, den Kindern nichts davon abgeben zu können. Natürlich bringt der Vater kopfschüttelnd das Glas mit der Brühe zurück in die Feinkostabteilung.

Wahrscheinlich fragt er sich, was er in der Erziehung falsch gemacht hat und wird die Jungs zuhause nochmal eindringlich darüber aufklären, wie falsch es ist, sich totes Tier im Glas zu wünschen.

Ich denke nur mein Gott, es gibt schlimmere Kinder und er soll doch froh sein, dass die Jungs nicht haufenweise Zucker mit schädlichen Farbstoffen mitnehmen wollen, sondern lediglich eine gesunde Fleischbrühe. Womöglich wird es so enden, dass der Junge beim nächsten Einkauf wohl ein Glas Rinderbrühe in der Jackentasche mitgehen lässt und sie heimlich zu sich nimmt, so wie ich mich als Kind gefreut habe, wenn ich mir am Kiosk diese Wassereisbecher gekauft habe, als gäbe es in diesem Moment nichts besseres, was ich lieber täte, als dieses Wassereis mit Cola-Geschmack auszulöffeln. Ich sehe es schon kommen.

Irgendwann wird das Wassereis in den Kiosken verschwinden und sie werden gefrorene Fleischbrühwürfel anbieten. Ach ja, und die drei waren noch blasser als das kaltweise LED-Licht vom Supermarkt.

MITTEN
AUS DEM LEBEN

TEIL 2

Verkehrsbanausen –
Aus dem Leben eines Absperrpfostens aus elastischem Kunststoff

Seine Größe? Tausend Millimeter. Sein Durchmesser? Achtzig. Seine Form? Röhrenartig. Seine Eigenschaften? Flexibel, reflektierend, selbstaufrichtend, schonend zu Fahrzeugen und extrem robust. Sein Aussehen? Orange mit weißen Streifen. Sein Name? PUR RX 300 mit einem Kampfgewicht von 1,48 kg.

Die Hersteller versprechen zwanzig Jahre Garantie, doch wie lange so ein Pfosten bei dem heutigen Fahrverhalten tatsächlich überlebt, ist offen. Doch lesen Sie selbst, was so ein Absperrpfosten alles mitmachen muss.

Tag 1 - Das Aufstellen des Pfostens auf dem Parkplatzgelände

Die Löcher waren schnell in den Boden gebohrt und die Schrauben schnell angezogen, da stand der Pfosten schon nach nur wenigen Handgriffen mit seinen neunzehn anderen Mitstreitern wie eine eins in Reih und Glied und sollte in Zukunft dafür sorgen, dass endlich die frisch eingezeichneten Parkplatzmarkierungen eingehalten werden.

Dann kam der Beweglichkeitstest und wirklich, der Hersteller hatte nicht zu viel versprochen und der Absperrpfosten und seine Kameraden haben den Test mit Bravur gemeistert und so konnten sie ihren Dienst als Parkplatzwächter antreten.

Wir waren erst skeptisch, ob sie die erste Nacht überleben würden oder ob wir am nächsten Tag die Pfosten ausgerissen vom Boden auflesen müssten, doch sie haben es überlebt und standen noch genauso im Hof, wie den Tag zuvor. Wir waren stolz auf uns, endlich eine Lösung für die Parkplatzrabauken gefunden zu haben.

Auch den zweiten Tag haben unsere Parkwächter heil überstanden. Ich persönlich habe ihnen eine Überlebensdauer von drei Monaten eingeräumt, bis der erste Absperrpfosten zu Schaden kommen würde.

Tatsächlich fiel der erste Pfosten am dritten Tag einem ADHS-Kind zum Opfer, das sich gemeinsam mit einem erwachsenen Mann (ja Sie haben richtig gehört!) einen Spaß daraus machte, den Absperrpfosten mit den Füßen zu treten und zu drangsalieren. Als ich aus dem Büro lief, hatte das Kind schon seinen eigenen elastischen Test an dem Pfosten angewandt und ihn bis zum Boden heruntergebogen.

Sarkastisch wie ich bin fragte ich den Vater des Kindes, der daneben unbeteiligt wie ein Ölgötze stand, ob er sich nicht noch mit an den Pfosten hängen wolle, damit er endgültig abbrach.

Fassungslos, und das Schlimmste ist, man kann dem Kind nicht mal die Schuld geben, wenn der Vater schon eine erzieherische Null ist. Da ist jedes weitere Wort fehl am Platz. Da kommt doch im Stübchen oben nichts an, wenn man etwas dazu sagt.

Der Vater schaute mich nur verständnislos an, weshalb ich jetzt SEINEM Sohn den Spaß nehmen würde. Ja, wieso nehme ich dem armen Kind nur den Spaß daran, das Eigentum anderer zu zerstören.

Ja, wieso lade ich nicht dessen Schulkameraden ein, die dann die anderen neunzehn Pfosten zerstören, damit wir dann wieder fünfzig Euro pro Pfosten ausgeben können und die ganze Arbeit von vorne beginnen können. Genau. Ich bin ein schrecklicher Mensch.

Dass es aber immer so Moralapostel wie mich geben muss, die versuchen, an Kindern mit Helikoptereltern und antiautoritärer Erziehung erzieherische Maßnahmen durchzuführen. Tz tz tz tz.

Die Woche davor schlug sich der Junge den Kopf mehrmals gegen das Treppengeländer und trommelte wild mit seinen Drum Sticks dazu. Die Woche davor warf er von der selben Treppe von oben eine volle McDonalds-Tüte mit Abfall herunter, so das die gematschten, in Ketchup getränkten Pommes Frites und die Reste seines angebissenen Burgers auf dem Boden landeten und liegen blieben, während seine gestresste Business-Mutter mit ihren Stöckelschuhen die Stufen herunter dackelte.

Die Tüte blieb liegen, als wäre sie herkunftslos einfach vom Himmel gefallen. Nichts desto trotz. Dem Pfosten geht es den Umständen entsprechend gut und seine Bänderdehnung verheilt rapide.

Verletzungsrate nach den ersten drei Monaten

Natürlich reicht es nicht, dass so ein Absperrpfosten nur anwesend ist und seine Arbeit erledigt. Er muss auch gehegt und gepflegt werden.

So renne ich einmal pro Woche mit meinem Polierset herum und verarzte die vielen Kratzer und Schürfwunden unserer Parkplatzwächter, damit keine Revolte auf uns zukommt. Beim Verarzten fiel mir dann ein Pfosten besonders auf, weil neben ihm auf dem Boden sein weißes Wasserschutzhütchen zertrümmert daneben lag.

Schnell schaute ich auf den Überwachungsvideos nach, was dem armen wohl zugestoßen ist. In der Hauptübersicht konnte ich kein größeres Kollidieren mit einem Fahrzeug erkennen, also musste ich akribisch jede Videosequenz einzeln abspielen, bis sich das Unglück vor meinen Augen abspielte. Ich musste das Video ein paar Male wiederholen, bis ich es glauben konnte.

Da fährt doch gerade wirklich ein schwarzer Mini direkt über ihn drüber. Wie kann man das nicht bemerken, dass unter seiner Karosserie ein Pfosten entlangschleift? Als ich den Fahrer des Minis anrief, hatte er jedenfalls nichts von alledem mitbekommen.

Sie fragen sich, wie das geht? Die Frage stellt sich, ob man wirklich hätte das Fahrzeug fahren sollen, wenn man nicht mal merkt, das man über etwas drüber gefahren ist und es fast mitgerissen hätte, wäre er, Gott sei dank nicht eben so elastisch, wie es der Hersteller in der Beschreibung verspricht.

Die neuen Erzieher –
Schreien bis das SEK kommt

Jeder redet über den Terror aus fernen Ländern, der zu uns nach Europa kommt, doch niemand reagiert auf den hausgemachten Terror, der tagtäglich auf den Straßen und Spielplätzen herrscht in Form heranwachsender Sprösslinge, die anscheinend dauerhaft auf einem LSD-Trip sind oder zu viel Zucker intus haben. Ich rede nicht von Babys, die noch nicht anders können als zu schreien, um sich bemerkbar zu machen.

Nein, ich spreche von den Drei- bis Achtzehnjährigen, die sich die Seele aus dem Leib brüllen und ich mich frage, wie viel ein Körper verkraften kann, bevor er in Ohnmacht fällt. Jeder schimpft auf Erzieher und Lehrer, doch wenn ich höre, was bei der KITA bei mir gegenüber so los ist und ich mich wundere, dass das Gebäude, in dem sich die KITA befindet, noch keine alarmierende Fassadenrisse aufweist, obwohl die Ansammlung der außer Kontrolle geratenen Kleinkinder nicht weniger stark ist als ein

Presslufthammer auf der Baustelle, so kann ich mir zumindest vorstellen, dass die Erzieher und Erzieherinnen sicher eine Dauerbesuchskarte beim Ohrenarzt und Neurologen besitzen.

Kinder schreien, keine Frage, doch das ist kein Schreien mehr, das ist Terror, der bis spät in die Nacht reicht und ich mich an meine Kindheit zurück erinnere, wo ich in dem Alter schon um 19 Uhr im Bett sein musste und nicht bis 23 Uhr auf der Straße völlig überdreht und übermüdet abhing.

Liebe Eltern, vielleicht könntet ihr euren Sprösslingen morgens mal eine Baldrian Tablette ins Müsli bröseln oder Johanniskrau Tee mit in die Schule geben oder einfach weniger Zucker einflößen oder was weiß ich? Es gibt so viele Wege, doch dieses antiautoritäre Erziehen ist wirklich nicht die Lösung aller Dinge. So oft hat man schon gehört, dass sich Anwohner beschwert hätten, wenn ein Open Air Konzert stattfand und der Wind etwas lautere Musik rüber geweht hatte.

Ganz ehrlich? Lieber habe ich etwas Musik in der Luft, als diese mehrstündige Kreisch Kulisse. Kinder sollen Spaß haben. Sich austoben aber es schadet auch nichts seinem Kind mal ein paar Grenzen aufzuzeigen. Da brauch man auch aktuell nicht die Lockdowns der Corona Pandemie als Indikator vorschieben, das war vor Corona schon genauso schlimm. Der einzige Unterschied, dass die Kinder noch früher und länger aus der Wohnung gescheucht werden, damit in Ruhe Homeoffice betrieben werden kann. Also mir wäre es peinlich, wenn ich mein Kind in dreihundert Metern Entfernung in der Wohnung von der Straße aus hören würde. Vielleicht irre ich mich auch und das ist auch wieder so ein Wettbewerb unter der neuen Generation Eltern, welches Kind am lautesten und besten schreit. So die Schiene: „Mein Kind kann".

Mein Kind wird mal Arzt. Mein Kind kann schon chinesisch, bevor es Mama oder Papa sagen kann. Mein Kind wird mal die Welt regieren. Ja, mit Sicherheit! Wer am lautesten brüllt bekommt die besseren Bräute oder Bräutigame ab. Wer am lautesten brüllt führt die Herde an. Zur Info. Das Fach Lautes Schreien existiert nicht als Schulfach!

Und im Rhetorikseminar später an der Uni kommt Schreien auch nicht besonders gut an. Ich war als Kind auch laut, wenn ich auf der Straße gespielt habe. Ich war auch laut und es hat mir nichts geschadet, dass meine Mutter ein Machtwort gesprochen hat, wenn wir extrem außer Rand und Band waren und mich dann zurück in die Wohnung geholt hat, wenn ich ihr nicht gehorcht habe.

Klar ich war dann beleidigt und enttäuscht aber zumindest hatte ich gespürt, da ist ein Mensch, der auf mich aufpasst und sich um mich kümmert und ich keinem egal bin und nur Mist bauen kann, wie es mir gerade gefällt. Wenn ich mich natürlich fünf Stunden nur um mich selbst kümmere und mir egal ist, wo mein Kind sich herumtreibt, brauche ich mich auch nicht wundern, das sich der Schrei nach Aufmerksamkeit eben umwandelt in diesen Kreisch Terror. Und das dann mal zehn oder zwanzig, so hat man schnell einen Dezibel Wert, der jedes Konzert aus der Ferne bei weitem übertrifft.

Leider muss man auch sagen, dass der Apfel oft nicht weit vom Stamm fällt denn es gibt auch Eltern, die es ihren Kindern vormachen und genauso irrsinnig durch die Gegend schreien. Sie lösen quasi ihre Sprösslinge ab. Wie beim Staffellauf oder beim Schichtwechsel. Von 8.00 Uhr morgens bis 22.00 Uhr haben wir das Kinderprogramm und danach

Ein Tag zuhause -
Ding Dang Dong

»Guten Morgen, wir haben 7:30 Uhr. Zeit auf-
zustehen«

»Alexa? Aus!«

»Ich habe Dich nicht verstanden. Du musst
immer noch aufstehen.«

7:35 Uhr.

Ding Dong. Es klingelt an der Tür. Im Halbschlaf torkle ich zur Sprechanlage.

»Ja?«

»Müllabfuhr.«

»Ja Moment, ich mach auf.«

Ich höre mehrere Stimmen in der Sprechanlage, die zentral mit allen Bewohnern des
Hauses verbunden ist. Ich überlege, mich
nochmal hinzulegen, da ich heute frei habe.

Das mit lange Ausschlafen konnte ich schon mal knicken. Also torkle ich weiter im Halbschlaf zur Kaffeemaschine und mach mir eine frische Kanne. Allmählich verlassen alle das Haus. Schön, ich werde heute einen ruhigen Tag haben. Ich warte bis der Kaffee fertig ist, zünde mir eine Zigarette an und genieße die Stille. Wir haben kurz nach 8 Uhr.

Ding Dong. Ich verdrehe die Augen und stehe von meinem Stuhl wieder auf und gehe wieder zur Sprechanlage.

»Ja?« frage ich noch recht freundlich.

»Hier ist die Morgenpost.«

»Ist gut.«

Ich öffne mit dem Knopf die Tür unten. Für alle. Morgenpost ist unser regionaler Briefzusteller. In anderen Städten wird er wohlmöglich anders heißen, falls es einen gibt. So, Kaffee ist ausgetrunken, jetzt habe ich Lust mich zu entspannen und lasse mir ein Bad ein mit Kneipps Lavendel Stressabbauessenz. Die Wanne ist voll und ich leg mich gemütlich in die Badewanne. Fünf Minuten später, wir haben ca. 8:25 Uhr, es klingelt erneut an der Haustür.

Wirklich? Dein Ernst? Nö, ich bleibe in der Wanne, soll doch jemand anderes aufmachen. Ich warte. Es klingelt erneut. Nö, heute mach ich nicht auf. Ich warte und genieße das warme Wasser, das nach Lavendel duftet. Und wieder klingelt es. Mensch Meier.

Ich steige aus der Wanne, binde mir schnell ein Handtuch um die Taille und laufe zur Tür,wobei ich nasse schaumige Fußspuren auf dem Laminatboden hinterlasse.

»Ja?«
»Hallo. Die Post.«

Das war aber das letzte Mal jetzt. Ich schlage den Hörer der Sprechanlage in die Halterung. Tatsächlich konnte ich ohne Unterbrechung weiterbaden, wobei ich kurz überlegt hatte, nochmal eine Ladung der Essenz ins Wasser zu kippen damit die Stressbewältigung besser wirkt.

Nach dem Baden ziehe ich mich an und gehe schnell zum Supermarkt um die Ecke. Ich habe frei, will aber heute viel Hausarbeit erledigen. Vom Einkaufen zurück bestücke ich die Spülmaschine und die Waschmaschine und lass sie laufen. Danach schmeiß ich den Staubsauger an und sauge einmal quer durch die Wohnung. Das Telefon klingelt.

Nummer unbekannt. Ich nehme trotzdem ab und melde mich mit meinem Namen.

»Ja, wird sind von der Marktforschung und würden mit Ihnen gerne eine Umfrage durchführen.«
»Nein Danke, ich habe keine Zeit.«

Ich lege wieder auf und sauge weiter. Um 13:10 Uhr ruft es erneut an. Wieder mit unbekannter Nummer. Normal werde ich nur noch von Freunden und Familie über mein Handy angerufen und übers Festnetzt belästigen mich nur noch irgendwelche Firmen, die mich befragen wollen oder etwas verkaufen.

Man muss da vorsichtig sein, denn auch ein mündliches Verkaufsgespräch kann mit meiner Zustimmung zum Produktkauf führen oder ein Kaufvertrag zustande kommen. Da ich aber frei habe und es doch vielleicht etwas Wichtiges von der Arbeit sein könnte nehme ich das Telefongespräch entgegen.

» Hallo, mein Name ist Sandra Krumm und ich würde ihnen gerne unser neues Wasserspendermodell vorstellen.«

Ich antworte gar nicht und lege sofort auf. Die unzähligen anderen Anrufe über den Tag hinweg ignoriere ich. Manche hinterlassen Nachrichten auf dem Anrufbeantworter.

Mal ein genervtes Stöhnen, weil ich nicht ran ging. Mal eine Computerstimme, die eine Ansage macht. Mal nur Hintergrundgeräusche aus dem Callcenter.

Warum habe ich eigentlich meinen Festnetzanruf nicht längst gekündigt? Würde ich nicht lieber übers Festnetz und mit einem Festnetztelefon telefonieren, dann wäre der schon längst abgeschafft. Nach meiner Mittagssuppe gucke ich, was so bei Netflix Neues zum Streamen gibt. Ich finde eine neue Abenteuerserie und fange mit der ersten Folge an.

Es klingelt erneut an der Haustür. Ich drücke auf die Pause Taste auf der Fernbedienung und gehe zur Tür.

»Ja?« Ich klinge schon etwas genervter als die Male zuvor.

»Ja Hallo Herr B. Wir sind vom französischen Verein und haben gerade das Namensschild gelesen und wollten fragen ob sie Interesse hätten, an einem kurzen Gespräch mit uns?«

Ich verdrehe die Augen. Ist das heute der geh mir auf den Sack aber so richtig Tag? Ich antworte schroff mit nein und lege wieder den Hörer der Sprechanlage auf.

Was fehlt denn jetzt noch? Die Zeugen Jehovas ja richtig. Lustigerweise haben die noch nie der Tür geläutet, dafür bei Freunden vom mir mindestens einmal im Monat, die wohnen in der Nachbarschaft und der portugiesische Nachname ist anscheinend ein Magnet für die Zeugen Jehovas.

Man möge es kaum glauben, ich schaffe es, drei Folgen der Netflix Serie zu schauen, bevor es um 15:42 Uhr wieder an der Tür klingelt. Entweder man behält den ganzen Tag Kopfhörer auf, um seine Ruhe zu haben oder man muss die Wohnung verlassen.

Jede Mediations-CD rät, das Handy auszuschalten, bevor man sich der Übung hingibt, um ja nicht während der Meditation gestört zu werden. Leider haben sie vergessen, dass man am besten auch noch die

Türklingel abstellt. Das kleine Fenster auf dem Fernseher kündigt die nächste Folge an. Ich warte, bis sie startet und drücke auf Pause, um wieder zur Tür zu gehen.

»Ja?« dieses mal sehr patzig.

»Ich bin von der evangelischen Gemeinde und verteile unser Monatsbrief. Würden Sie mir bitte aufmachen und ich würde sie gerne zur Donnerstags- und Sonntagsmesse einladen.«

Ich ignoriere die Einladung, drücke auf den Türöffner und gehe zurück zu meiner Serie.

Man, was ich heute für Kalorien verbrauche, indem ich nur zur Tür renne. Man wird ja regelrecht schlankgeläutet. Nach der dritten Folge lauf ich schnell zum Bäcker und hole mir etwas Süßes zum Nachmittagskaffee. Unterwegs seh ich schon den Hermespaketdienst in der Straße. Kaum bin ich zurück und habe die Tür hinter mir geschlossen, klingelt es wieder an der Tür.

Mit der Vorfreude auf meinen Karottenkuchen melde ich mich wieder etwas freundlicher.

»Ja, bitte?«

»Hermes Paketdienst, können Sie ein Paket für ihren Nachbarn annehmen?«

Ich überlege kurz. »Ja, mache ich. Zweiter Stock links.«

Ich öffne die Tür und nehme das riesige Zalando-Paket entgegen, das mir den ganzen Türbereich blockiert. Der Hermesfahrer lässt mich auf seinem Gerät unterschreiben und bedankt sich. Eine Stunde später bittet mich der DHL Fahrer, drei Amazon Päckchen für weitere Nachbarn anzunehmen.

Auch das tue ich, da ich ja auch froh bin, wenn jemand etwas für mich entgegen nimmt. Jetzt haben wir kurz nach 17 Uhr und jetzt müsste doch wirklich alles an Störungen abgearbeitet sein. Ich hänge meine fertige Wäsche auf und räume die Spülmaschine aus. Da ich langsam wieder Hunger bekomme, mach ich mir eine Tiefkühlpizza in den Ofen und leihe mir den neuen Stallone-Film bei Amazon Prime aus, den ich mir angucken werde, wenn die Pizza fertig ist.

Es wird langsam dunkel draußen und ich appelliere wirklich an den Anstand, dass man Leute abends nicht mehr am Telefon belästigt, doch mitten im Stallone Actiongemetzel, genau an der spannendsten Szene, klingelt um 21 Uhr wieder das Telefon mit einer langen Nummer mit komischer Vorwahl. Vergiss es, Schätzchen.

Gegen Stallone kommt keiner an, da kann die Feuerwehr klingeln, weil es im Haus brennt und ich mache weder die Tür auf noch geh ich ans Telefon. Klingel dich zu Tode und quatsch von mir aus unzählige Anrufbeantworter voll, aber ich habe heute frei und der Abend gehört endlich mir allein und Silvester Stallone, und wenn du keine Ruhe gibst, dann sperre ich die Telefonnummer in der FritzBox und du wirst mich nie wieder erreichen. Bäääm.

Eine elektrische Stimme spricht auf meinen Anrufbeantworter. »Hallo ihre Nummer wurde gezogen. Um Ihre Gewinnchance zu erhöhen rufen Sie bitte unter folgender Nummer an.«

Mensch Meier, ich habe doch nicht frei, damit ich zuhause beschäftigter bin als auf der Arbeit. Tz tz tz tz. Okay okay, ich gebe zu, das eine oder andere Amazon Paket ist auch für mich.

ACHTUNG! VORSICHT –
Die Helikopter kommen geflogen!

Neulich auf einer Hochzeitsfeier. Ich will mir ja nicht vorwerfen, ich würde nur oberflächliche Beiträge verfassen, ohne sie selbst erlebt zu haben. Also neulich auf einer Hochzeitsfeier. Hach, ich erinnere mich nur zu gerne an meine Kindheit, wenn ich mit meinen Eltern auf irgendwelchen Feiern war und ich mit den anderen Kindern irgendwo auf dem Veranstaltungsgelände stundenlang gespielt habe, ohne dass unsere Eltern wie eine Schmeißfliege an uns klebten.

Und? Hat es uns geschadet? Wir leben alle noch und aus uns sind ehrenvolle Bürger der Gesellschaft geworden, die ein recht solides Sozialnetzwerk aufgebaut haben.

Jedenfalls neulich auf einer Hochzeitsfeier eines Freundes wurde ich Zeuge dieser neuen Art von Eltern, die sich Propeller auf den Schädel geschraubt haben und ihre Kinder keine Sekunde, wirklich keine Sekunde aus den Augen lassen.

Wir anderen Erwachsenen stoßen mit einem Sekt auf das Brautpaar an und stehen in Grüppchen an mehreren Stehtischen und genießen die buntgemischte Hochzeitsgesellschaft. Zumindest alle außer zwei.

Im ersten Moment freue ich mich, dass noch mehrere Pärchen mit Kindern anwesend sind, damit auch die Kinder unter sich sein können und Spaß haben, ohne sich zu langweilen, weil nur Erwachsene anwesend sind. Ich bin kurz neidisch, weil ich die Leichtigkeit vermisse, einfach rumzutollen und zu spielen, ohne anstrengende Smalltalks unter Erwachsenen führen zu müssen.

Der Neid verfliegt doch recht schnell, da mir einfällt, dass ich dafür jetzt Alkohol trinken darf und so lange aufbleiben kann wie ich will. Die beiden Propeller können es nicht. Die Mutter liegt die ganze Zeit auf der Lauer und hat ihr kleines Mädchen ständig im Blick. Anfangs ist es ja noch ganz unterhaltsam, doch wenn sie jede Unterhaltung auf ihr Kind lenkt, wird es allmählich anstrengend.

Da halfen auch unsere Versuche nichts, sie zu beruhigen und sie auf andere Dinge zu lenken, nämlich einfach mal zu genießen, für einen Moment kinderlos zu sein und es zu genießen, unter Erwachsenen zu sein.

Ich bin heilfroh, dass ihre Kleine endlich eine Freundin unter den anderen Kindern findet und anfängt herumzurennen und Spaß zu haben. Die Freude hält nicht lange an. Denn dann kommt ein Satz, der mich zum Schaudern bringt:

»Seht ihr, wie sie mich ignoriert?«

Jesus, was ist nur mit der los? Und ehe einer etwas von uns dazu sagen kann, ist sie schon verschwunden und rennt ihrer Tochter hinterher, nur damit die neue Freundin nicht nur annähernd für einen Moment wichtiger wird als ihre eigene Mutter. Sehr unheimlich.

Langsam kommt das Abendprogramm in Fahrt. Ein DJ legt fetzige Tanzmusik auf und wir fangen an zu tanzen. Mutterpropeller stößt mit finsterer Miene wieder zu uns.

»Meine Tochter hat überhaupt keine Augen mehr für mich. Sie ignoriert mich.«

Herzensgut wie ich bin gehe ich auf ihre Neurose ein. Die anderen ließen sie mittlerweile links liegen und tranken eifrig weiter Prosecco Rosé.

»Freu Dich doch, dass sie jemanden zum spielen gefunden hat und genieß doch einfach die Party.«

Trotzig wie ein kleines Kind drückt sie ein Lächeln raus und fängt langsam an, sich nach der Musik zu bewegen. Ihr Coyote-Blick, der seine Beute ausspäht, bleibt.

Gruselig. Einfach gruselig. Nicht, dass sie ihr Kind unter Druck setzt, nein, sie zieht mich ungewollt in ihr Abhängigkeitsspiel mit rein. Ich muss mich stärker betäuben. Härterer Alkohol muss her. Aber wenn man glaubt. eine Nervensäge wäre genug, kommt der zweite Propeller angeflogen.

» Siehst du das, Schatz, unsere Tochter ignoriert uns.«

Und das Schlimme? Es ist kein Sketch. Es ist traurige Realität. Meine stärkere Dosis in Form eines Wodka Lemon ist schnell ausgetrunken. Ich musste mich doch tatsächlich betäuben, um diese Menschen ertragen zu können. Anstatt dass sie ihre kinderfreie Pärchen Zeit gemeinsam genossen und mal wieder das taten, was sie zuvor ohne Kind als Pärchen auf solchen Partys taten, wandelten sie apathisch durch die Menge und suchten potenzielle Opfer, denen sie mit ihrer krankhaften Affenliebe zu ihrer Tochter auf den Sack oder Eierstock gehen konnten.

Anfangs fanden sie vielleicht noch Zuhörer doch mittlerweile hatten fast alle so viel intus und waren im ausgiebigen Tanzmodus, dass alle Versuche in der Luft zerplatzen.

Was glauben Sie, wie oft ich sie an diesem Abend gerne in den Hotelpool gestoßen hätte, um sie abzukühlen. Die Kleine war erst sieben Jahre alt. Wenn sie in die Pubertät kommt, versucht dann die Mutter krampfhaft die beste Freundin zu werden und Gilmore Girls bleibt nicht nur eine Fernsehserie, sondern wird zu einem Generationenkult, worüber wohl alle Töchter von Helikoptermüttern glücklich sein werden.

Die Mutter zwängt sich dann in hautenge Leggins und trägt viel zu enge Tops und hopst dann in der Jugenddisko auf der Tanzfläche mit herum und versucht, ihre potenziellen Gegnerinnen, die zwanzig Jahre jünger sind, auszustechen.

»Mama, bitte geh doch einfach auf eine Ü30-Party.«

»Aber warum denn Schatz, da darfst du doch mit deinen sechzehn Jahren noch gar nicht hin.«

Der herumwirbelnde Propeller vertreibt dann auch zugleich die ersten Flirtkandidaten ihrer Tochter, die am Rand der Tanzfläche stehen und Ausschau nach ihrer attraktiven Tochter halten.

Wenn es dann einer schafft, gegen den Helikoptersog durchzudringen, drückt sich die Mambo tanzende Leggins mit ihren dicken Möpsen dazwischen und fordert ihre Tochter zum Tanzen auf.

Um das in Zukunft zu verhindern, verheimlicht ihre Tochter ihr, dass sie in die Disco feiern geht, doch die Mutter hat natürlich längst eine App auf ihrem Smartphone installiert, die ihr immer anzeigt, wo sich ihre Tochter befindet, und so wird ihre Tochter allmählich zum sozialen Mof und hockt nur noch alleine in ihrem Zimmer, weil keiner mehr mit ihr befreundet sein will mit der Mutter im Schlepptau.

»Aber, Schatz, mach dir nichts daraus, du hast doch mich.«

Gruselig und unnatürlich. Mit siebzehn Jahren trägt ihre Tochter nur noch schwarze Klamotten und hört düstere Musik.

Mit fünfundzwanzig Jahren wohnt sie immer noch zuhause und verliert sich im Darknet in diversen Foren und Chatrooms für Selbstmörder und nabelt sich immer mehr von der Welt ab. Mutti bemerkt nicht die Not ihrer Tochter, Hauptsache sie ist bei ihr zu Hause in ihrer Nähe und sie hat sie unter Kontrolle.

WIR SIND GAYFRIENDLY -
Abgrenzen anstatt eingrenzen

Tja, mit sechsunddreißig kann ich auch leider schon bei vielen Dingen sagen, dass hat es früher nicht gegeben. Manches vermisst man, dass es heute vielleicht nicht mehr gibt. Über einiges freut man sich und hätte es sich schon damals gewünscht und über manches wundert man sich einfach.

Neuerdings kleben an diversen Supermarkteingangsschiebetüren die Regenbogenaufkleber, die signalisieren, dass das Geschäft gayfriendly ist. Bisher kannte ich das nur von Hotels oder Pensionen, die damit warben, dass sie nichts dagegen haben, queere Menschen zu beherbergen.

Auch wenn ich noch nie von Bekannten aus meinem queeren Freundeskreis gehört hätte, dass sie von Hotels abgewiesen wurden, nur weil sie sich mit ihrem gleichgeschlechtlichen Partner ein Zimmer geteilt haben. Manchmal vergisst man auch, dass sich manche Hotelmitarbeiter gar keinen Kopf darüber machen, in welcher Konstellation ihre Gäste stehen.

Unbewusst verleiht es aber uns queer Menschen wohl ein besseres Gefühl von Akzeptanz, wenn ein Hotel oder eine Pension mit gayfriendly wirbt. In größeren Städten gibt es mittlerweile aber sogar Hotels für rein queere Menschen, aber das ist mir persönlich too much und ich möchte lieber in ein stinknormales Hotel, denn ich möchte ja auch einfach stinknormal in der Gesellschaft leben, ohne mich ständig mit einem Stigmata abzugrenzen.

Nach den Hotels und Pensionen zogen dann die Supermärkte nach. Allen voran PENNY. Ich kann jetzt nicht sagen, dass ich mich bisher diskriminiert gefühlt habe, wenn ich dort einkaufen war, bevor der Aufkleber am Eingang hing. Ich kann auch nicht sagen, dass ich jetzt mehr oder weniger queere Menschen einkaufen sehe, seit Penny gayfriendly geworden ist.

Auch gibt es keine besonderen Artikel, die auf queere Menschen ausgerichtet sind. Eventuell die Einhornbrause oder der Princess Sparkle Himbeer Glitzerlikör, aber die habe ich auch schon in einem Getränkemarkt ohne Regenbogenaufkleber gesehen. Jetzt hab ich es.

Die lilafarbenen und gelben Möhren sind seitdem neu im Gemüsefach. Oder Quinoa. Die unzähligen Quinoa-Produkte, da wir queere Menschen alle auf gesunde und fettarme Ernährung Wert legen. So langsam komme ich hinter die Marketingstrategie.

Immerhin kaufe ich ja lieber gayfreundliches Quinoa als das heterosexuelle Quinoa bei Edeka. Da sich natürlich Rewe nicht ausgrenzen will und eh schon so familienfreundlich ist und auch auf Nachhaltigkeit pocht und es ja nicht sein kann, dass Penny etwas darstellt, was sie nicht bieten, klebte auch recht bald der Regenbogenaufkleber am Rewe-Eingang.

Irgendwie vermisse ich aber auch die Aufkleber für behindertenfreundlich, ausländerfreundlich und barrierefrei. Oder mein Ansatz ist ganz falsch und es geht gar nicht um die Kundschaft, sondern um die Mitarbeiter, die mit dem Regenbogenaufkleber darauf hingewiesen sollen, dass sie bei diesem Unternehmen besonders willkommen sind.

In der Tat fühl ich mich wohler, wenn ein schwuler Mann oder eine lesbische Frau meine Produkte ins Regal räumt und meine eingekaufte Ware über den Kassenscanner zieht und mir gay-freundliches Rückgeld in die Hand drückt. Queere Supermarktmitarbeiter sind auch automatisch netter und merken auch sofort, dass ich auch queer bin, selbst wenn ich in Bauarbeiterklamotten vor ihnen stehe. Es kann auch sein, dass neben der Frauenquote und der Behindertenquote jetzt auch die Gay-Quote im Unternehmen eingehalten wird.

Ich wüsste zwar nicht, dass meine Qualifikation etwas damit zutun hat, mit wem ich Bett und Tisch teile, aber nun gut, die Welt verändert sich nun mal und leider nicht immer zum Positiven.

Wenn die technische Entwicklung schnell voranschreitet, gibt es vielleicht bald an den Eingängen der queer-freundlichen Supermärkte Körperscanner, die sofort analysieren, welche Orientierung ich habe und ich dann groß gefeiert werde, wenn ich den Supermarkt betrete und dann auch hoffentlich besonders behandelt werde und ganz viele Vorteile und Sonderrabatte einkassiere, damit sich auch die ganze Mühe lohnt, gay zu sein. Im gayfriendly Hotel oder Pension bekomme ich dann hoffentlich auch jeden Tag zum Frühstück kostenlos Prosecco dazu und kalorienarmen Joghurt.

Und wir alle in der LGBTQ Community sind ja auch alle so gayfriendly untereinander, dass niemand Intoleranz, Hochmut und Diskriminierung aus den eigenen Reihen zu spüren bekommt. Wir sind alle eine große bunte Familie ohne Vorurteilen und wir reiten alle auf einem Einhorn auf rosa Wolken über den Horizont hinweg in das Tal des Friedens und der Glückseligkeit und haben uns alle lieb.

NEIN! Leider stimmt das nicht so ganz. Die Wahrheit tut weh, aber da sind wir doch nicht anders als andere Menschen, die Vorurteile gegen uns hegen.

Wir sind keine besseren Menschen. Wir sind Menschen wie du und ich. Wir wollen in der Gesellschaft im Anderssein akzeptiert werden, doch wir selbst sind nicht unbedingt immer Weltmeister im Tolerieren und Akzeptieren. Wir haben eine Plattform und eine Gemeinschaft, aber die hat genauso Ecken und Kanten wie jede andere auch.

104

IST DOCH ALLES GUT –
Übertrieben freundlich als gäbe es keinen Morgen mehr

Um es vorweg zu nehmen, ich bin auf meiner Arbeitsstelle mitunter dafür verantwortlich, dass die Jumbo-Toilettenpapierrollen aufgefüllt werden oder die Seife im Seifenspender nicht leer wird. Natürlich kann es mal passieren dass man sich am Vortag verschätzt hat und dachte, ja, das reicht noch bis morgen und es dann doch im Laufe der vergangenen Stunden vorher leer war.
  Ich bin dankbar, wenn andere mitdenken und mich dann darauf aufmerksam machen,

dass das Toilettenpapier alle ist. Ich komme also am Tag darauf morgens zur Arbeit und noch ehe ich die WCs kontrolliert habe bekomme ich von einem Mieter die Info, du, das Toilettenpapier ist leer.

Ich: Oh, Danke, lieb von Dir, dass Du mir Bescheid gibst.
Er: Alles Gut. Ich: Ja gestern dachte ich, es reicht noch. Er: Alles Gut.

Ich bin sechsunddreißig und er Mitte zwanzig. Vor zehn Jahren hat man sich noch gefreut, dass man sich bedankt oder sich über eine Aufmerksamkeit freut. Heute bekommt man nur noch dieses Alles gut zur Antwort.

Egal ob man sich bedankt oder etwas negativ anspricht. Ob man jemanden rügt oder zurechtweist. Es gibt nur noch dieses nervige Alles gut. Als wäre man verrückt und würde nur wirres Zeug von sich geben.

Also einfach mal ein Gesprächsversuch gleich im Keim erstickt. So wie: Dein Chef kommt zu dir um dir mitzuteilen, dass ihn dein Zahlendreher in den Gehaltsabrechnungen gerade mal mehrere tausend Euro Verlust eingebracht haben.

Ach. Ja. Ist doch alles gut. So wie: Beruhig dich. Alles wird sich regeln. Oder er hat dringend irgendwelche Unterlagen für eine Präsentation gebraucht und du sie ihm nach einer Woche immer noch nicht zusammengesucht hast. Aber nein, alles ist gut.

Die Welt hat rosa Wolken und wir reiten alle auf Einhörnern. Überall sieht man Regenbögen über Dächern und es gibt auch keine Hungersnot und Kriege in der Welt. Keine Naturkatastrophen oder Dürre.

Alle Menschen sind gut. Alle Menschen leben in Harmonie und ich nehme auch ganz sicher keine Glückspillen zu mir, die mich neutralisieren und alles für gut erscheinen lassen. Es macht mir auch nichts aus, wenn mir einer vor die Haustür geschissen hat oder der Hausflur nach Urin riecht, weil jemand nicht seine eigene Toilette beschmutzen wollte und lieber sein Geschäft außerhalb seiner Wohnung erledigt.

Es macht mir auch nichts aus, dass ich morgens erst mal über einen zu verschenken Karton stolpere, der genau vor der Eingangstür geparkt wurde oder eine gesamte Schulklasse Freitags auf der Straße sitzt und streikt und ich deswegen erst mal viel zu spät zur Arbeit komme, weil ich ja schlecht mit dem Auto über sie drüber rollen kann.

Es ist so schön, wenn alles gut ist. Man nimmt die Welt ganz anders wahr, wenn alles gut ist. Vielleicht hat es aber doch geholfen, dass die Mütter dieser Alles Gut-Menschen während der Schwangerschaft Yoga machten oder extra viel Melissen Tee getrunken haben oder regelmäßig ihren Bauch mit Jadesteinen gestreichelt haben.

Vielleicht hat sich dadurch eine ganz andere Balance in die DNA der Kinder geschlichen, die es ihnen genetisch einfach unmöglich macht, etwas nicht für Alles gut zu empfinden. Schatz, ich liebe dich und ich will Kinder mit dir. Ist doch alles gut.

Was? Willst du keine Kinder mit mir? Schweigen. Man kann mit dir einfach kein Gespräch führen. Was? Ist doch alles gut.

Was ist denn gut? Ich will Kinder und du keine. Ich bin schon einundzwanzig Jahre alt und bald läuft meine biologische Uhr ab.

Ihr Männer könnt ja immer Kinder zeugen, aber wir Frauen haben ein Verfallsdatum. Schweigen. Du sagst ja gar nichts. Lass mich raten. Es ist alles gut und ich spinne mal wieder wie sonst auch. Alles gut... Wo bleibt denn da der Spaß, wenn man nicht mal mehr richtig streiten kann.

ARBEITGEBER –
Die Reinkarnation des Bösen

Die dunkle Seite der Macht. Oder doch nicht? Arbeitergeber haben heutzutage keinen guten Stand. Sie beuten ihre Arbeitnehmer aus. Zahlen keine Überstunden und sowieso zu wenig Gehalt.

Machen keine unbefristeten Verträge mehr und kündigen sofort, wenn man schwer erkrankt, Wochen ausfällt und nicht mehr die gewohnte Leistung erbringt. Arbeitgeber suchen sich nur noch die Elite aus und geben Arbeitssuchenden mit schlechteren Abschlüssen keine Chance mehr.

Chefs sind oft launisch und unfreundlich und haben keinen Bezug mehr zu ihren Angestellten. Chefs setzten einen unter Druck. Mobben oder fordern übernatürlichen Arbeitseinsatz. Wer es wagt, Urlaub zu nehmen, auch wenn er ihm zusteht, steht bei der nächsten Personalrationalisierung mit auf der Liste. Doch hat eine Medaille nun mal zwei Seiten und wie sieht es denn mit der Arbeitsbereitschaft und dem Arbeitseinsatz eines Angestellten aus?

Sich oft krankschreiben lassen, um mal wieder ein Wochenende zu verlängern oder einen kompletten Urlaub zu erzwingen, der nicht von seinen regulären Urlaubstagen abgezogen wird.

Mal hier eine Mittagspause um eine halbe Stunde verlängern, um private Besorgungen zu machen oder neben der Arbeitszeit ständig seine privaten Nachrichten bei Facebook, Instagram oder WhatsApp checken und beantworten oder stundenlang im Internet surfen, was nichts mit der eigentlichen Arbeit zu tun hat. Mehrmals am Tag auf die Toilette zu rennen, nicht etwa weil man eine schwache Blase hat, sondern sich einfach mal zwischendurch mehrere Pausen gönnen, da ja schon die zwei regulären Kaffeepausen und Mittagspause von einer Stunde nicht ausreichen.

Einfach mal die Füße hochlegen und nur noch vierzig Prozent arbeiten, wenn der Chef nicht im Hause ist. Alle Arbeitslosen sind nur Opfer des Systems und unterliegen der Hierarchie der bösen Arbeitswelt.

Wenn der Chef es nur mal wagt, einen zu rügen, weil eben die Arbeit, für die man nun mal eingestellt wurde, unzureichend ausfällt, bin natürlich nicht ich Schuld.

Ich habe zwar top Arbeitsbedingungen wie flexible Arbeitszeiten und auch sonst obliegt mir ein recht freies Arbeiten und ich kann mir meine Arbeit einteilen, aber der Chef ist der Böse, wenn ich es selbst dann immer noch nicht schaffe, wenigsten einigermaßen den Anforderungen zu entsprechen. Ich kenne beide Seiten.

Als Auszubildender war ich angestellt und ich habe oft miterlebt, wie sich unter den festangestellten Mitarbeitern der Firma regelrechte Widerstand breit machte, wenn der Chef einen aufforderte, doch bitte freiwillig Überstunden zu machen, weil ein Großauftrag ins Haus stand, der überaus wichtig war für die Firma und eigentlich die ganzen Arbeitsplätze sicherte.

Was schert mich der Kunde, ich will meinen gewohnten Feierabend und meinen Samstag für mich. Wir reden hier von ein bis zwei Ausnahmenterminen und nicht von monatelanger Arbeit. Explizit ging es darum, ca. tausend Bilder für Broschüren und Kalender zu retuschieren.

D.h. alte Bilder wieder salonfähig zu machen und das konnten halt die zwei Leute aus der Abteilung der Bildretusche nicht alleine bewerkstelligen, darum bat der Chef höflich um Mithilfe unter den restlichen 30 Mitarbeitern.

Wohlgemerkt bezahlte Überstunden und kein Zwang, sondern freiwillig. Von den dreißig Angestellten waren dann sechs einschließlich mir Samstag morgens für lediglich drei, höchstens vier Stunden anwesend.

Und wir bekamen sogar belegte Brötchen und süße Stückchen vom Bäcker.

Der Unmut war trotzdem groß. Einige wollten sogar noch ihr Fahrtgeld erstatten bekommen. Ich fand es damals schon lächerlich und unfassbar und einige Jahre später sprang dann der Großkunde ab und die ganze Firma wurde geschlossen.

In unserer Morgenzeitung stand sogar ein Artikel darüber und dass alle Mitarbeiter gezielt vors Arbeitsgericht zogen und die Firma um Schadensersatz verklagten.

Von einem ehemaligen Mitarbeiter habe ich erfahren, dass einigen sogar von der Firma nahtlos Stellen besorgt in ihrem gleichen Arbeitsfeld wurden. Heute steh ich auf der anderen Seite und kann nur sagen, dass ein Arbeitgeber oft auch die Rolle des Kindergärtners übernimmt, der die quengelnden Kleinen, die zwar körperlich groß geworden sind, aber geistig immer noch im Kindergartenalter feststecken, zufriedenzustellen und zu bemuttern. Gestern hat zum Beispiel wieder mal eine Reinigungskraft bei uns gekündigt. Bereits die Fünfte in zwölf Monaten. Und alle haben sich freiwillig auf unser privates Inserat gemeldet.

Also es war keine Reinigungskraft, die irgendwie gezwungen wurde, die Stelle bei uns anzutreten. Sie werden anständig bezahlt und hatten auch sonst recht freies Arbeiten. Konnten flexibel mal früher oder später kommen, wenn sie einen privaten Termin wahrnehmen mussten. Konnten flexibel Urlaub machen.

Sie waren kranken- und unfallversichert. Alles Dinge, die bei vielen Reinigungsstellen nicht selbstverständlich sind. Sie hatten Aufgaben, die wir selbst bewältigen, wenn mal keine Reinigungskraft eingestellt war.

Sie bekamen dreieinhalb Stunden für Arbeiten, die man durchaus in zweieinhalb Stunden schaffen konnte.

In der Beschnupperungsphase waren die vereinbarten Stunden kein Problem, dann sieht man plötzlich, dass die letzte halbe Stunde nur noch ahnungslos herumgelaufen wird. Dann wird aus der halben Stunde eine Dreiviertelstunde. Die benutzten Putzlappen werden immer sauberer. Anfangs fällt es dem Arbeitgeber vielleicht nicht auf.

Dann kommt die erste Woche Urlaub, in der man dann wieder selbst den Putzlappen schwingen muss und man wird von den Mängeln regelrecht überrannt. Nach dem Urlaub weist man dann die Reinigungskraft höflich darauf hin, dass einiges sauberer geputzt werden muss. Alles kein Problem.

Nach dem Urlaub wurde dann noch zweimal geputzt, dann bekommt man die Schlüssel ausgehändigt und wird aufs böseste beschimpft. Man sei respektlos und unverschämt und sowieso wäre die Arbeit nicht zu schaffen. Also wenn man eine Putzfrau hat und es genauso aussieht, als hätte man zwei Wochen nichts gemacht, dann sind wir natürlich respektlos.

Dass eine Toilette nicht nur aus Waschbecken und Toilettenschüssel besteht und jede, wirklich jede Reinigungskraft es scheut, auch mal die Abwasserrohre, Spiegel, Drückergarnitur und Fliesen zu säubern oder mal die Klobürste in die Hand zu nehmen und eine Toilettenschüssel oder ein Pissoir auch von innen zu betrachten.

Die Badreiniger- und WC Reiniger-Flaschen sind ja auch nur Dekoration und sie stehen ja auch nicht direkt in jeder Toilette am Boden neben der Toilettenschüssel, sondern sind von uns im Büro-Safe gut weggeschlossen. Auch haben Flure keine Ränder oder hinter geschlossenen Flurtüren befinden sich keine Ecken.

Es bekommt auch nie eine neue Reinigungskraft eine komplette Arbeitseinführung, sondern wir händigen ihr nur einen Plan aus, wo die zu säubernden Bereiche eingezeichnet sind und lassen sie dann unwissend alleine durch unser Gebäudelabyrinth irren.

Wir unterhalten uns auch nie mit ihr, wenn wir ihr während ihrer Arbeitszeit begegnen. Sie ist in Ketten gelegt und wird mit Peitschenhieben angetrieben. Sie bekommt auch zu Festtagen keine Geschenke oder Extrageld. Sie darf weder auf Toilette, noch etwas trinken oder mit ihrem Smartphone herumrennen. Sie bekommt einen Peilsender umgehängt, damit wir genau jeden ihrer Schritte überwachen können.

Sie ist ja auch nicht eingestellt, um uns zu unterstützen und uns bei unserer vielen Arbeit zu entlasten, nein sie ist nur dazu da, uns zu belustigen und damit wir in ihren dreieinhalb Stunden keine andere Arbeit erledigen können, die sonst liegen bleibt oder uns zu Überstunden zwingt oder uns noch weniger Urlaub ermöglicht, als wir eh schon haben.

Nein. Wir haben auch noch nie erlaubt, dass die Reinigungskraft nicht ihr Kind mitbringen kann, wenn sie mal keinen Babysitter hat oder nicht weiß, wohin mit dem Kind in den Ferien.

Wir hätten auch nicht die kranke Katze im Büro geduldet, während das Frauchen ihren Job erledigen kann, ohne krank machen oder Urlaub nehmen zu müssen.

Wir Arbeitgeber sind schon wirklich eine grausame Spezies und die Arbeitnehmer sind nur Heilige, die gnadenlos ausgebeutet werden. Ich kenne beide Seiten und beide Seiten sind weder Engel noch Teufel.

Viele sind an ihren Situationen selbst schuld und keine Opfer. Viele Arbeitnehmer besitzen längst Privilegien, ohne sie sich verdient zu haben. Viele werden bereits auf Watte gebettet, ohne das jemals zurückgefordert zu bekommen.

DER FEUERSALAMANDER –
Noch Aktivismus oder doch schon längst Ökoterror?

Fast schon kullert den beiden Aktivisten, die in einem Wald in Deutschland von einem Fernsehteam interviewt werden, eine Träne herunter, während sie ihren Gefühlen freien Lauf lassen und schildern, wie unsagbar grausam es ist, ein Stück Wald für eine Autobahntrasse zu roten.

»Ich möchte mir gar nicht vorstellen, wie der Lebensraum eines Feuersalamanders jetzt zerstört wird, der hier seit über dreihundert Jahren lebt.«

Der Salamander wird doch wohl Beine haben und ein paar Meter weiter leben können, so wie es seine Artgenossen aus der Stadt tun zwischen Betonbauten und Stadtpark.

Was glaubt denn der junge Mitzwanziger, wie viel Fläche so ein Feuersalamander zum Überleben benötigt? Nun nachdem bei dem einen sensiblen Ökoaktivisten schon ein kleiner Feuersalamander ausreicht, um ihn in eine Sinnkrise zu stürzen, poltert seine Mitaktivist mitten ins Gespräch:

»Ich brauch keine warme, immer gleich durchtemperierte Wohnung. Keine heiße Dusche. Kein MacBook oder Smartphone. Netflix schon gar nicht. Es sei denn Riverdale und Gossip Girl oder Emily in Paris werden gezeigt.«

Aber Herzchen. Netflix zeigt doch auch gute Dokumentationen von National Geographics. Zumindest ist ihr Netflix ein Begriff.

Ich hätte mich auch gewundert, wenn nicht. Was würde denn ihre Öko-WG zuhause nur mit ihrer vielen Zeit anstellen? Nach einem kurzen Rundgang durch das neue Peter Pan-Feriencamp, das aus Baumhäusern besteht, die sogar eigene Namen tragen, so wie sich die Ökoaktivisten in ihrer neu gegründeten Waldgesellschaft Decknamen verpasst haben wie Fruchtzwerg oder..... . Ich denke wow, unsere Politiker tun sich immer so schwer, wenn die gewählten

Parteimitglieder nach der Bundestagswahl miteinander regieren sollen.

Vielleicht hätten sie als Kinder mehr Fruchtzwerge essen sollen, dann wären sie eventuell etwas kultivierter im Umgang mit Andersdenkenden. Trotzdem lässt mich der Gedanke nicht los während ich den Beitrag aus dem neuen Neverland sehe, dass die 14-25 Jährigen doch auch alle mit vielen solcher Abenteuer- und Sci-Fi-Filme und -Serien bei Netflix und Amazon Prime aufgewachsen sind. Also die im Stil von Tribute von Panem, wo Jugendliche immer im Mittelpunkt der Handlung stehen und irgendwo in einem Wald oder verlassenen Ort plötzlich auf sich alleine gestellt sind und neue Gemeinden gründen, um gegen dystopische Großmächte antreten müssen, um die Unschuld ihrer Jugend zu bewahren und die Welt zu retten.

Früher habe ich auch gerne Cowboy und Indianer gespielt oder habe Disneyfilme geliebt. Als Kind! Nachdem sich jetzt die Dokumentation ausgiebig mit den Zielen und Wünschen der Aktivisten und den einzelnen Motivationen beschäftigt hat, wobei ich schon stutzig wurde, woher sie Strom für ihre Smartphones beziehen, die sie die ganze Zeit mit sich im Wald herumtragen.

Irgendwas passt da nicht ins Wimmelbild. Gut, ich werde dann aus dieser Überlegung durch affenartige Schreie und Parolen abgelenkt, während die Doku die Polizeibeamten und Waldarbeiter zeigt, wie sie versuchen, die besetzten Bäume von den Aktivisten zu befreien, die an Kletterseilen mit Karabinerhaken in den Baumkronen hängen oder sich an die Baumhäuser ketten.

Ich weiß ja nicht, ob die Fauna und die Tierwelt in dieser Naturzelle diese täglichen Unruhen wirklich so gut verkraftet und ob der Feuersalamander nicht schon längst freiwillig das Weite gesucht hat, weil es ihm zu viel Krawall in seinem Lebensraum gibt und er dann lieber an einem ruhigeren Ort friedlich existieren möchte.

Vielleicht musste er sogar fliehen, weil die von den Bäumen herabfallenden Baumhausreste längst seinen Bau zerstört haben, ohne dass es die Schuld der Autobahnbauer war. Diese Erkenntnis würde wohl den eh schon in der Sinnkrise steckenden Aktivisten wohl den Rest geben, somit lässt das Fernsehteam wohl diesen Aspekt in ihren Interviews aus. Soviel zu dem bisherigen Tagesablauf einer Waldbesetzungsgemeinschaft.

Plötzlich finden wir uns in einer Wirtshausstube von dem nahegelegenen Dorf wieder, wo sich ein mir gewohntes Bild abzeichnet wie in einem Coffee Shop in der Stadt.

Junge Leute, hier alles Ökoaktivisten, die vorübergehend im Wald leben, sitzen vor ihren Laptops und Smartphones und besuchen ihre Online-Seminare von ihren Uniprofessoren oder surfen im Internet. Da wir tiefsten Winter haben ist die Stube natürlich beheizt, so dass die Ökoaktivisten ohne ihre dicke Winterjacke studieren können.

Dann kommt eine Off-Stimme der Doku-Kommentatorin: Hier können die jungen Leute heiß duschen und die Online-Vorlesungen besuchen, weil wir ja uns mitten in der CORONA-Pandemie befinden und alle Universitäten geschlossen sind. Spätestens jetzt wollte ich sofort brechen.

ACHJAAA? Vor fünf Minuten haben es doch die Ökoaktivisten doch gar nicht nötig gehabt, es muckelig warm zu brauchen oder Laptops und Smartphone zu nutzen. Mensch Meier, da hat sich die Meinung aber schnell geändert, was? Aber tatsächlich sind die Ökoaktivisten doch nur genauso Menschen, die sich über langsames WLAN oder schlechten Internetempfang beklagen wie jeder andere auch.

Selbst wenn sie nichts dafür bezahlen müssen. Den Luxus des Beschwerens hält sogar im Peter Pan Feriencamp an, obwohl sie vorhin noch stolz vor der Kamera heißes Wasser zum Spülen am Feuer gemacht haben oder Blätter benutzen, um dreckiges Geschirr und Töpfe zu säubern.

Wenn es nicht die gleiche Dokumentation wäre würde ich denken, das ist perfekt klassische Werbung, doch der Zauber war leider schnell verflogen und sie haben ihre Glaubwürdigkeit selbst begraben.

Die Off-Stimme verschwindet und die Besitzerin der Gasthausstube kommt freudestrahlend ins Bild gerannt und verkündet den Aktivisten die frohe Botschaft, dass bald der Telekom-Techniker eintrifft und dann das Internet schneller laufen wird. Ach schau an.

Die Aktivisten reagieren hochmütig mit einem kurzen Blick von ihren Monitoren und einem leichten Dankeslächeln, da sie ja studieren und nicht unsinnig nur im Internet

surfen und ihre Instagram- und Facebook-
und Twitterprofile mit Bildern und Kommen-
taren füllen.

Der Gasthausbesitzerin ist, glaube ich,
nicht bewusst, dass es gerade gewirkt hat
als hätte sie Abbitte bei einem Priester ge-
leistet. Gut, sie erinnert sich wohl an ihre
Jugend zurück, wo man noch mit Friedens-
liedern und bunten Kleidern über Industrie-
gelände gerannt ist und mit bunt bemalten
Transparenten gegen Ungerechtigkeit demonstriert hat, daher ist es lobenswert, dass
sie sich so für das gute WLAN in ihrer Wirtshausstube einsetzt. Für die Internetfunkmas-
te mussten ja auch anderorts keine Bäume
weichen.

Das Internet liegt ja einfach in der Luft
und wird vom Wind von Haus zu Haus ge-
tragen. Die Szene in der Doku wechselt und
es wird eine weitere 68er-Aktivistin, die bereits über fünfzig ist, gezeigt, die sich mit
der sich selbst zur Mutter der Waldlinge er-
nannte Göre unterhält, und ihr ein Sixpack
Mineralwasserflaschen aus nicht ökologisch
abbaufähigen Plastik überreicht, die schön
im Hauptbaumhaus das Feuer hütet, während ihre Schützlinge in der Kälte den ganzen Tag in den Bäumen hängen und die
ganze Arbeit erledigen.

Die 68erin schaut bedrückt und erwähnt,
dass sie mitbekommen hätte, dass sich ein
junger Mann beide Arme einbetoniert hätte,
um seinen Protest deutlicher zu machen,
und dass sie sich schämte und sie so sein
Opfer fast gar nicht annehmen könne. Die
junge Aktivistin nickt, Betroffenheit vorgau-

kelnd und zugleich vorwurfsvoll, und antwortet mit einem »Ja«, so einem »Nicht wahr«. Ihr Blick spricht Bände wie:
»Da siehst du mal, was ihr Idioten all die Jahre mit unserer Umwelt angerichtet habt.« Das sagt sie natürlich nicht offen in die Kamera, nur:

»Das Opfer tragen wir gerne für euch!«

Mir wird kurz mal schlecht von so viel vorgegaukelter Opferbereitschaft während die Smartphones immer noch in der Wirtsstube am Ladekabel hängen. Ich würde meinem Kind therapeutische Hilfe suchen, wenn es anfangen würde, sich Körperteile einzubetonieren oder überhaupt als Erwachsener eingreifen und das nicht noch unterstützen und als Märtyrer-Opfer deklarieren.
Alice Schwarzer 2.0 merkt gar nicht die Ironie dahinter und gerade durch die Blume von der Aktivistin beleidigt wurde, dass sie mit an dem ganzen Klimaschlamassel Schuld ist. Aber damit auch Alice Schwarzer 2.0 gegenüber den Ökoaktivisten, den neuen Heilands, ihre Buße tun kann, organisiert sie ein Lebensmittelzelt mit Nahrungsmittelspenden vor dem Hain der neuen Naturgötter. Und damit Alice 2.0 doch noch erwachsener rüber kommt als die halb so alte Aktivistin verspricht sie Ingwer zu besorgen, der würde nämlich gut für die Abwehrkräfte sein und vor Erkältung schützen.

Ingwer? Etwa der Ingwer, der zwischen deutschen Radieschen und Zuckerrüber auf deutschen Äckern wächst, oder doch der frisch importierte Ingwer, also der echte Ingwer der genauso wie die Kurkumawurzel in den Tropen und Subtropen wächst?

Also erst mal eine halbe Weltreise mit richtig viel CO_2-Ausstoß hinlegt, bis er dann aus Indien, China, Nepal, Japan oder Thailand endlich zu uns in den Supermarkt oder Bioladen kommt. Und die Mandarine, die die jungen Aktivisten im Baumhaus verzehren, ist wohl auch im Garten von Alice Schwarzer 2.0 gewachsen und kam nicht zufällig mit viel Treibstoff verbrauchenden LKWs über unzählige Autobahnen.

Aber das ist ja wieder was anderes. Das sind ja immer die Totschlagargumente von Nicht-Aktivisten, die Aktivisten kritisieren.

Ich muss ja auch nicht mit dem Auto zur Arbeit fahren, um Geld zu verdienen, damit ich Steuern zahlen kann, von denen auch Studiengebühren bezahlt werden.

Da wo heute Universitäten stehen und die Gebäude der WGs gab es ja vor hunderten von Jahren auch keine Wälder, die ab gerodet wurden. Und der Regenwald wird ja auch nicht abgeholzt, wovon Papier produziert wird, woraus Schulbücher, Fachliteratur für die Universitäten, Arbeitsblätter und Druckerpapier und Umschläge für die Bachelor-Arbeiten gemacht werden.

Der Regenwald ist ja weit weg. Und alles, was weit weg ist und nicht vor meiner Nase, das sind dann die Rosinen, die sich so ein Aktivist herauspickt und schönredet.

Genauso wie sie ihren Protest als friedlich darstellen. Wenn man aber die Polizeibeamten mit Schneebällen bewirft, die Steine enthalten, oder man dann in umzäunte Baustellengelände einbricht, um Fahrzeuge zu beschädigen oder lahmzulegen, hört leider euer friedlicher Aktivismus auf und ihr überschreitet eine Grenze zu terroristischen Vorgehensweisen, um ein Ziel zu erreichen.

Da könnt ihr euch noch so hinter dem Klimaschutz und der Umwelt verstecken, dass rechtfertigt nicht eure Handlungen.

Jeder kann etwas zum Klimaschutz beitragen, aber sich bitte nicht scheinheilig als neuen Heiland aufspielen und der Gesellschaft einen Spiegel vorsetzen, und etwas anprangern und vorschreiben, was ihr selbst nicht bereit seid zu leben.

Ich bewundere Menschen, die wirklich autark leben und sich wirklich selbst versorgen. Nicht die Umwelt belasten, weil sie sich ohne Strom und fließend Wasser organisieren. Ohne Internet.

Nur Gemüse und Obst essen, das vor ihrer Haustür wächst. Würde man euch das Internet abschalten, das Smartphone wegnehmen und die Studiengebühren erhöhen, dann würde sich euer Umweltbewusstsein aber ganz schnell wandeln, denn dann müsstet ihr wohl mit einem Auto Pizza ausfahren müssen, um eure Miete und Studiengebühren bezahlen zu können.

Ohne Smartphones würden dann auch keine Wälder gerodet werden, um an das seltene Schwermetall für die Akkus zu gelangen. Ohne Internet, wobei jede Minute online mehr CO2-Emission bedeutet als irgendein Fahrzeug, würden wir schneller die Welt retten.

Also liebe Thunberg, liebe Neubauer, liebe Friday for Future-Anhänger, liebe Ökoaktivisten, tut doch wirklich mal was für das Klima und schaltet einfach mal eure Smartphones ab und reduziert eure Online-Sitzungen. Denn wahrscheinlich tun eure Eltern, denen ihr vorwerft die Umwelt zerstört zu haben, bereits weiterhin mehr für das Klima, indem sie nicht vierundzwanzig Stunden im Internet surfen oder ständig Videostreaming betreiben, sondern auch einfach mal eine DVD anschauen oder ein Buch lesen. Danke für eure Belehrungen.

Danke für eure Hinweise. Und Danke vor allem für nichts, was wir nicht schon wussten. Und weil eben die Politik über eure Rosinen Bescheid weiß, sind eure Argumentationen wohl nicht überzeugend genug, denn jeder muss erst mal bei sich selbst anfangen, bevor er anderen gute Ratschläge gibt.

Ihr seid die Generation der verlorenen Seelen, die nicht aus ihrer akademischen Studienblase heraus will, obwohl ihr längst einen Abschluss habt, mit dem ihr einen Beruf ausüben könntet, der die Welt besser machen würde. Nein, ihr wisst erst nach dem abgeschlossenem Studium und Mitte Ende zwanzig oh, das ist gar nichts für mich, aber ich habe trotzdem jetzt die Studienzeit genossen, um mich vorm Leben zu drücken. Man kann mir mit Mitte zwanzig auch noch gar keinen Arbeitsalltag oder eine vierzig-Stunden-Woche zumuten.

Das andere in meinem Alter schon fast zehn Jahre in die Rentenkasse einzahlen, kommt gar nicht in meiner heilen Welt-Blase an, deswegen vergeude ich jetzt noch ein weiteres Jahr im Wald und benehme mich weiter wie ein verzogenes Kleinkind, denn ich will einfach noch nicht erwachsen werden. Versteht das denn keiner?

Doch, natürlich verstehen wir das und du wirst es nicht glauben, aber jede Generation macht das durch. Erst bist du ein Baby. Dann kommst du in den Kindergarten und in die Grundschule.

Dann kommt die Pubertät. Dann möchte man auf eigenen Füßen stehen und erlernt oder studiert einen Beruf, der einen wieder ein Stück erwachsener gemacht hat.

Und dann ist man eigentlich schon erwachsen. Aber ihr steckt vor diesem Schritt über Jahre hinweg fest und da hat man dann eher Sorge um euch oder besser gesagt Sorge um die Wirtschaft und die Altersvorsorge des Landes in der Zukunft, wenn fast einer ganzen Generation Verantwortungsbewusstsein und erwachsenes Handeln fehlen.

Eure Kinder brauchen vermutlich noch länger, um erwachsen zu werden, und deren Kinder treten gleich die Rente nach der Kita an. Sich für eine Sache einsetzten, egal um welchen Umstand es sich dreht, ist nie verkehrt und immer lobenswert, sonst hätten wir heute auch keine besseren Filteranlagen in Fabriken oder den KAT in den Automobilen.

Wir hätten keine Kläranlagen und wären schon in unserer eigenen, auf gut Deutsch,

Scheiße ertrunken. Einfach einen Wald zu besetzen, eine fragwürdige regellose Gemeinschaft zu gründen und alle aufzurufen, sich euch anzuschließen und euch dann hinzustellen und zu sagen:

»Für das Tun und Handeln jedes Einzelnen hier bin ich nicht verantwortlich!«

Oh doch Schätzgen, das seid ihr. Und genau diese Grundhaltung, die ihr vertretet, ist falsch. Natürlich tragt ihr Verantwortung, wenn ihr Menschen mit ähnlichen Zielen und Meinungen eine Plattform bietet oder sogar ein vorübergehendes Zuhause, wenn auch nicht ganz legal.

Natürlich seid ihr mitverantwortlich für die extremen Aktionen vor Ort, denn ihr habt ja den Aufruf gestartet und den Wald zu eurem Spielplatz erklärt. Verantwortung zu zeigen und verantwortungsvoll zu handeln, das solltet ihr lernen, denn ihr werft auch allen anderen vor, unverantwortlich mit der Natur umzugehen, dann lernt ihr aber auch bitte, was das Wort Verantwortung bedeutet.

132

CORONA
SPECIAL

(Keine Sorge wir sind noch in der 1. Auflage. Also nicht in
der 2. Auflage die unnötig lediglich um ein bis zwei Sätze
ergänzt wurde damit es nochmals alle kaufen, weil sie denken es wäre ein völlig neues Buch)

DIE ALLESVERWEIGERER –
Einmal mehr sterben als einmal mehr geimpft zu sein!

Da sind wir nun. Mitten in einer Pandemie, die nunmehr seit März 2020 anhält und sich wohl schon 2019 wie ein IS-Schläfer unter uns gemischt hat. Eine tickende Zeitbombe, die nur den richtigen Moment abwartete, um zuzuschlagen und Angst und Chaos und Tod zu verbreiten.

Es ist für keinen gerade eine leichte Zeit und auch ich muss gestehen, dass ich anfangs die ganze Lage nicht so ernst eingeschätzt habe, wie ich es jetzt tue.

Die Welt stand plötzlich still. Das Leben, das wir bisher kannten, hat sich drastisch verändert. Unser Nervenkostüm wurde jeden Tag auf eine harte Probe gestellt. Es war nicht nur einfach, zuhause zubleiben und die sozialen Kontakte auf ein Minimum zu reduzieren. Vielmehr fürchtete man, was das Ganze mit dem Mensch anstellte, der bis dato eh schon zum Egomanen mutierte und sich selbst am liebsten war.

Die düsteren Gedanken um Verschwörungen wurden noch düsterer. Man hatte also nicht nur mit einem unsichtbaren Feind zu kämpfen, sondern jetzt kamen noch die Leugner und Verweigerer dazu, die vorher schon viele Geschehnisse auf der Welt in Frage stellten und eine fragliche Position einnahmen und durch ihr Verhalten auch leider an vielen schärferen Lockdown-Maßnahmen von Seiten der Regierungen Schuld tragen. Wie sinnvoll welche Regel war und wie ernst das Ganze werden wir wohl nie erfahren, Fakt ist, es stehen nun mal Existenzen und Menschenleben auf dem Spiel, was nach der Pandemie nicht mehr rückgängig gemacht werden kann.

Als im Dezember 2020 die Nachricht kam, dass endlich ein Impfstoff gefunden wurde und die Impfpflicht für jeden, also zumindest in Deutschland, zum Thema wurde, hatten die Allesverweigerer wieder genug Kanonenfutter, dagegen zu wettern.

Impfungen waren auch vor der Pandemie schon ein brisantes Thema. Impfen war noch nie Pflicht, auch wenn unsere Impfungen uns schon vor Gefahren und Krankheiten schützen können, doch auch da starben Leute lieber einmal mehr anstatt sich einmal mehr impfen zu lassen. Mich hatten als Kind immer die runden kreisförmigen Narben am Oberarm meiner Eltern gewundert.

Jahre später erfuhr ich, dass man Kinder damals so geimpft hat. Eine Dreifachimpfung gegen gefährliche Kinderkrankheiten. In meiner Kindheit gab es das schon gar nicht mehr in der Form. Ich erinnere mich nur an die Schluckimpfung in der Grundschule, wo uns der Impfstoff über einen Zuckerwürfel verabreicht wurde.

Ansonsten hatte ich nur Einzelimpfungen in den Oberarm oder in den Po. Ich bin beim Kinderarzt sehr oft vor den Spritzen weggelaufen, weil die Spritzen auch nicht unbedingt immer klein waren. Am Ende des Tages war ich trotzdem geimpft.

Die Schluckimpfung an Schulen gibt es längst nicht mehr. Und auch die Bereitschaft und das Interesse an den anderen wichtigen Impfungen hat so drastisch nachgelassen, dass die Bundesregierung schon eine Pflichtimpfung für Kinder in Erwägung zog, bevor COVID-19 ein Thema wurde, um Kinder vor der Verletzung der Sorgfaltspflicht durch ihre Eltern zu schützen.

Hierbei geht es nicht um die gewöhnliche Grippeimpfung, sondern um das Verhindern von Krankheiten, die einem als Erwachsener gefährlich werden und sogar zum Tode führen können. Ich habe schon alle Kinderkrankheiten hinter mir.

Ein guter Freund hatte vor kurzem mit neunundzwanzig Jahren die Windpocken. Er war sechs Wochen außer Gefecht gesetzt. Ihm geht es gut und bis auf ein paar Narben im Gesicht hat er auch keine bleibenden Schäden zurückbehalten, doch es gibt andere Fälle, wo Erwachsenen Kinderkrankheiten zum Verhängnis wurden.

Ganz neu ist zum Beispiel die Impfungen für Mädchen, die vor dem ersten Geschlechtsverkehr vor Gebärmutterkrebs geschützten werden können, der durch den Kontakt mit dem männlichen Glied verursacht wird. Eigentlich unglaublich dieser Fortschritt und so simpel.

Doch nein, auch da schalten sich wieder die Impfgegner ein, die lieber den Gebärmutterkrebs in Kauf nehmen, als leichtes Fieber nach der Impfung, wenn überhaupt eine Nebenwirkung auftritt.

Eigentlich sind Impfungen ein Geschenk an uns und keine Teufelei. Ich verstand die Welt nicht vor der Pandemie und während der Pandemie zum erneuten Aufrollen des Impfthemas schon zweimal nicht. Ein kleiner Piecks, der über Leben oder Tod entscheidet. Ein kleiner Piecks und mein Leben ist durch eine Krankheit weniger gefährdet.

RUNDMAIL ALS ANTWORT AUF DIE FRAGE

„Habt Ihr auch Desinfektionsmittel, das nicht so nach Chlor riecht? Oder gegen Hautfalten an den Händen vorbeugt?"

Gemeint sind die von uns kostenlos zur Verfügung gestellten Desinfektionsspender an den Eingangstüren unseres Mietobjekts.

Antwort, die wir gerne gegeben hätten:

An alle Mieter/innen,

leider waren die Desinfektionsmittel mit Mango-, Himbeer- oder Erdbeergeschmack weltweit ausverkauft. Zurzeit können auch keine Vertreter von Desinfektionsmittel zu einem Geschmacks- & Geruchstest vorbeikommen, weil sie im Homeoffice festsitzen. Die Geschmacks- & Geruchsproben, die dann als Alternative an Kunden verschickt werden, hängen leider noch in Hongkong beim Zoll fest und haben eine Lieferzeit von fast drei Monaten.

Also, wir entschuldigen uns hiermit in aller Form, dass wir euch nur ein Desinfektionsmittel anbieten können, das wirklich gegen Viren schützt, dafür aber nicht besonders nasenfreundlich riecht, und kein Mittel, das nach Chupa Chups-Lollies riecht, und so überhaupt keinen Schutz bietet.

Wir geloben Besserung und bemühen uns, in der schwierigen Lieferkettensituation doch noch ein Desinfektionsmittel aus dem Haribo-Land zu ergattern oder die Gummibärenband bald wieder ihre Produktion aufnehmen können, da sie sich zurzeit alle in Quarantäne befinden.

Bleibt gesund

Mit fruchtigen Grüßen

Antwort, die wir tatsächlich gegeben haben:

An alle Mieter/innen,

durch den massiven Ansturm auf den Desinfektionsmittelhandel, waren wir froh, dass wir überhaupt noch etwas bekommen haben, um euch einen Schutz beim Betreten und Verlassen der Eingangstüren gewährleisten zu können.

Wir wollten euch etwas Gutes tun, aber nachdem kaum einer die Desinfektionsspender benutzt hat, haben wir jetzt zwei große Kanister in den Gully geschüttet und ein neues Mittel in die Spender abgefüllt.

Das riecht jetzt zwar auch nicht wie Febreze oder Airwick, aber immerhin nicht so stark nach Chlor. Eher neutral oder nach Arztpraxis oder wie eben Desinfektionsmittel halt so riecht. Ihr geht zwar ins Hallenbad und riecht danach am ganzen Körper nach Chlor anstatt nur etwas an den Händen, aber wir haben Verständnis für eure Sorgen und Nöte und möchten euch das auch nicht länger zumuten. Gerne nehmen wir auch Tipps und Quellen über erhältliche Desinfektionsmittel von euch entgegen, schließlich betrifft uns die Pandemie ja alle und in der Not ist jede Hilfe willkommen.

Gerne zahlen wir auch das dreifache für das etwas bessere riechende Marken-Desinfektionsmittel als zu Beginn der Pandemie vor einem halben Jahr. Gerne dürft ihr natürlich auch euer eigenes Mittel verwenden, es ist ja keine Pflicht, unsere Spender zu benutzen. Wie gesagt, wir haben nur an euer Wohl gedacht und entschuldigen uns, wenn wir euch etwas zu viel Chlorgeruch zugemutet haben.

Bleibt gesund und weiterhin alles Gute.

KREUZ UND QUER –
Überall ist Verschwörung!

Was sind Querdenker? Wo kommen sie her? Und was sind ihre Thesen und Beweggründe? Und brauch man so etwas überhaupt?

Also grundsätzlich geht es momentan natürlich um die Corona-Pandemie und die Maßnahmen durch die Regierung. Eigentlich. Schnell wird den Interviewern doch bewusst, so schnell komme ich aus diesem Interview nicht heraus.

Ich brauche mehr Zeit und Geduld, denn ein/ne Querdenker/in oder Verschwörungsliebhaber/in trägt natürlich nicht nur ein Sorgenpäckchen mit sich herum, sondern alles begann zu einer Zeit, als sich die ersten Neandertaler abspalteten und in die Welt hinauszogen und anfingen, Staaten zu gründen.

Da fing auch schön die erste Verschwörung an bzw. als der Neandertaler anfing, in Gut und Böse zu denken und zu handeln.

Also irgendein Neandertaler wollte schon luxuriöser überleben als seine Neanderfreunde. Irgendeiner wollte schon damals in einer besseren Höhle leben, die besser beheizt war oder sogar schon fließend Wasser hatte. Bessere Fellkleidung tragen oder das bessere Biobisonfleisch verzehren, während die anderen immer noch das normale Bisonfleisch essen mussten.

Mit der Evolution des Menschen veränderte sich auch die Evolution der Verschwörung. Waren es anfangs noch harmlose Verschwörungsvorwürfe, wie „Du hast doch bewusst das Bio-Bison von der Hauptherde vertrieben, damit wir nur das zweitklassige Fleisch bekommen und früher sterben als du" oder „Du hast doch extra den Mietpreis für die Höhlen hochgetrieben, so dass sich die kein normaler Neandertaler mehr leisten kann", wurden die Verschwörungen immer düsterer. Irgendwann waren wir schon an dem Punkt angelangt, dass es die Dinosaurier gar nicht gegeben hat und die ausgegrabenen Knochen nur Imitate aus Gips sind.

Dann machen wir jetzt einen kleinen Zeitsprung, damit es nicht zu lange dauert, wie bei einem Querdenker.

Verschwörungen sind also so alt wie die Menschheit selbst. Vielleicht gab es auch schon unter den Amöben im Wasser Verschwörung. Vielleicht ist auch die Verschwörung zuerst aus dem Wasser an Land gesprungen, bevor es die Amöbe tat, jedenfalls finden wir in der Geschichte unzählige Verschwörungstheorien auf religiöser, politischer, philosophischer oder krimineller Ebene. Uns wohl am geläufigsten in Erinnerung geblieben sind die Verschwörungen rund um die Tempelritter, Freimaurer, Illuminaten, die Mondlandung, 9/11 und jetzt ganz neu dazu gekommen, Bill Gates hat Corona erfunden, damit er uns mit Mikrochips impfen kann, die uns kontrollieren und alle Regierungen der Welt wollen durch Corona die Menschheit drastisch reduzieren.

Es ist nie verkehrt, Dinge und Geschehnisse in Frage zu stellen. Sich reichlich zu informieren und nicht alles einfach hinzunehmen, was uns Bürgern vorgesetzt wird, doch bis zu welchem Grad ist es noch gesund, frei zu denken und ab wann triftet es in einen Wahn über? Querdenker sind in erster Linie Menschen wie du und ich.

Aus Fleisch und Blut. Querdenker sind Menschen, die wahrscheinlich sonst genauso von unserem Gesundheitssystem und unserem Sozialstaat profitieren oder Hilfen in Anspruch nehmen, wenn sie in Nöte geraten. Querdenker hauen gerne auf die Pauke und schimpfen, während dann schön jeden

Monat wahrscheinlich das Harz IV-Geld auf das Konto fließt, auch wenn sie kaum oder niemals nie in die Staatskasse einbezahlt haben. Die, die dann tatsächlich Berufe haben, sind natürlich mit anderen Missständen und Unzufriedenheit gebeutelt.

Aber immer, und das haben sie gemeinsam, tarnen und verstecken sie sich hinter einer Gemeinschaft oder Nicknamen in Social Media-Kanälen und verfolgen eigentlich nur ihren eigenen persönlichen Vorteil.

Da macht es dann auch nichts, dass dann bei so einer Anti-Corona-Demo plötzlich Gruppen aufeinandertreffen, die wirklich sehr zweifelhaftes Gedankengut mit sich herumtragen. Liebe Corona-Gegner:

Ihr demonstriert und es ist nicht dem Staat seine Aufgabe, dann noch während der Demo die Leute mit Barrieren voneinander zu trennen, nur weil ihr mit eurer Demo den Nährboden für so ein Aufeinandertreffen von Faschisten, Rechtsradikalen, Ökoterroristen und Wutbürgern geschaffen habt.

Dann fast euch ein Herz und Verstand und verlasst so eine Demonstration und stellt euch nicht hin, als würde euch das nichts angehen. Sonst passt es euch auch nicht, wenn Rechtsradikale oder islamistische Demogruppen durch euren schönen Vorort marschieren und Angst und Schrecken verbreiten oder sogar Vandalismus betreiben.

Nur weil man neben einem Fahnenschwingenden Neonazi steht und nicht selbst die Fahne in der Luft herumwirbelt, heißt es nicht, dass ihr das nicht gut findet.

Wenn dann plötzlich ein ISIS-Schläfer mitten unter euch einen Bombenanschlag verübt, betrifft euch das natürlich auch nicht, denn ihr seid nur auf der Demo, weil ihr nicht länger einen Mundschutz tragen wollt und endlich wieder einen unbeschwerten Familienurlaub auf Mallorca verbringen möchtet.

Aber tauschen wir doch mal das Pandemieszenario mit einem Kriegsszenario aus. Also, wenn unser Staat nach 9/11 nicht schon unzählige terroristische Anschläge vereitelt hätte und wir tagtäglich mit Bombenanschlägen leben müssten.

Wenn die Terroristen unsere Versorgungsquellen von Strom und Wasser und Nahrungsmittel in ihrer Gewalt oder zerstört hätten, dann wärt ihr die ersten, die dumm aus der Wäsche gucken würden, weil es gar keine Regierung mehr gäbe, die irgendetwas für unser Überleben regeln könnte. Aber Terrorismus, Biowaffen und den Nationalismus gibt es bei euch ja auch nicht. Entschuldigung, hatte ich vergessen.

Die politischen Opfer aus der Geschichte haben sich ja alle in den Freitod gestürzt und ihr Opfer war sowieso für die Katz und nicht ausschlaggebend, dass ihr heute so gut wie unbeschwert und sorglos Demonstrieren könnt, ohne festgenommen zu werden.

Also, allein dass ihr in Massen während einer weltweiten Pandemie munter drauflos demonstrieren könnt, während man in anderen Ländern von Anfang an nur das Haus oder die Wohnung für Arztbesuch, Arbeit oder Einkaufen im Supermarkt verlassen durfte, ist ja schon ein humanes Zeichen unserer Regierung, uns doch irgendwie noch auf Wattebällchen durch die schlimme Zeit zu bringen.

Ganz ehrlich, ich bin froh, dass wir nicht noch schlimmere Szenarien haben, wenn man dann auf so Menschen wie euch angewiesen sein müsste, die mir wohlmöglicher eher noch das Toilettenpapier, Mehl und Pasta weghamstern, anstatt für die Gemeinschaft einzustehen.

Gerne dürfen die Staatsregierungen der Welt Impfpässe, Impfpflicht und Sonderrechte für Geimpfte einführen und ihr bleibt einfach weiter zuhause. Gerne dann noch weitere Ausgangssperren, Reiseverbot und ihr dürft dann in keine Geschäfte mehr, solange bis ihr endlich aufhört, so egoistisch zu sein und nur die Schuld bei anderen zu suchen, denn die Pandemie betrifft uns alle und wir alle können etwas beisteuern, aber ihr streckt immer nur die Hand aus und nehmt und seid nicht bereit, auch mal etwas zu geben.

Es geht um das Leben jedes Einzelnen und nicht, wer welche Partei wählt. Euer Regierungsfrust und Mundschutzgeheule ist hier unangebracht und Nebensache.

Hier geht es nur um die Bereitschaft, etwas zutun, was vielleicht einem anderen Menschen helfen könnte, doch ihr steht euch einfach selbst am nächsten und das ist das Traurige an der Geschichte.

Hier sind die Beweggründe und Ziele von Querdenkern. Oder was sie eigentlich alles in der Welt kritisieren:

1.

CORONA existiert nicht. Die Toten gibt es gar nicht wirklich. Alles Lüge!

Die Bilder von überfüllten Intensivstationen sind gefaked. Jeder kann sein Immunsystem selbst stärken, dazu braucht man keinen Impfstoff. Die, die natürlich kein Immunsystem haben oder kein gut funktionierendes oder ein durch eine andere schwere Erkrankung geschwächtes Immunsystem, haben halt Pech.

Die mit einem von Natur aus angeborenen Herzfehler oder Löchern in der Lunge haben natürlich auch Pech.

Ach, jeder ist halt selbst Schuld, wenn sein Körper nicht so funktioniert, wie er normalerweise funktionieren sollte. Ich kann ja nicht jeden retten. Es reicht, wenn es mir gut geht.

Und wenn ich dann keine Brötchen mehr beim Becker bekomme oder kein Fleisch beim Metzger oder kein frisches Obst und Gemüse, weil alle, die dafür Sorge tragen, eben ein zu schwaches Immunsystem hatten, um mit so einer kleinen Grippe fertigzuwerden, dann ist das eben so.

Ich lebe sowieso vegan und brauche nicht viel Schnickschnack. Und wenn ich keinen Strom mehr durch die Steckdose geliefert bekomme, weil keiner mehr das Kernkraftwerk steuert, weil sie ein zu schwaches Immunsystem hatten und gestorben sind, dann geh ich halt in den Wald und hacke Holz und mache es mir vor meinem Kamin gemütlich.

2.

Die Pandemie ist ein Masterplan aller Regierungen auf der Welt + aller Stammeshäuptlinge, Urwaldvölker und Terroristenzellenvertreter, um die Weltbevölkerung zu reduzieren. Endlich sind sich alle Länder auf der Welt mal einig und haben eine WhatsApp-Gruppe gegründet, um dieses eine Vorhaben gemeinsam zu verfolgen.

Eine weltweite Einigung im Klimaschutz hat noch nie funktioniert. Ein einheitliches Schulsystem aller Bundesländer funktioniert schon gar nicht. Aber bei diesem einen Vorhaben ziehen alle Staatschefs/innen an einem Strang. Sehr glaubwürdig.

Wenn das dann geschafft wurde, geht jeder wieder seine eigenen Weg und alle spielen wieder Räuber und Gendarm. Und die Herzdame Merkel darf natürlich auch weiter „Wir schaffen das" spielen.

3.

Bill Gates hat uns das eingebrockt, damit er uns mit Mikrochips impfen kann, die dann unser Bewusstsein steuern. Da braucht es doch nicht Bill Gates liebe Leute.

Aliens haben das doch schon viel früher über Trinkwasser in unserer Wasserleitung probiert oder der Medienmogul aus James Bond, der dann gefährliche Strahlung über das Fernsehen hätte aussenden lassen, die uns dann zu seelenlosen Zombies gemacht hätten.

4.

9/11. Alles Quatsch. Die USA haben selbst die Flugzeuge ins World Trade Center und Pentagon stürzen lassen, damit sie endlich neue Türme bauen konnten, weil der Abriss oder die Sanierung zu teuer geworden wären.

5.

Die Mondladung mit Neil Armstrong wurde in den Universal Studios oder Paramount gedreht und gab es einfach nicht.

Ich persönlich würde gerne nochmal auf den Mond fliegen und euch Querdenker dort aussetzen. Dann könnt ihr dort eure eigenen Kolonien gründen und wär endlich von eurem Erdendasein erlöst, aber das ist ein anderes Thema.

6.

Mit dem Lockdown und der Maskenpflicht nimmt uns die Regierung unsere Menschenrechte. Wir haben das Recht auf dreimal am Tag Gassi gehen.

Ich muss ja auch das Tagesziel meiner Fitness-App von fünfundzwanzigtausend Schritten irgendwie schaffen.

Mit dem Mundschutz verändert sich unser Körper massiv. Daran ist sicher nicht meine gesundheitsschädigende vegane Ernährung Schuld, die mich blass aussehen lässt wie eine Gelbwurst. Nein.

Der Mundschutz verändert unsere DNA. Es hat auch keiner gesagt, dass wir jetzt vierundzwanzig Stunden den Mundschutz tragen sollen. Du musst ja auch nicht den Mundschutz beim Fahrradfahren tragen oder wenn du alleine im Auto sitzt oder zuhause bei geschlossenen Fenstern und Türen. Selbst bei geöffneten Fenstern darfst du ruhig den Mundschutz abnehmen.

Du sollst den Mundschutz ja nur dort tragen, wo sich mehrere Menschen aufhalten, um eine Tröpfcheninfektion zu verhindern.

Muss man euch nach einem Jahr und den ganzen Besuchen der Virologen bei Markus Lanz und Maischberger immer noch das 1x1 der Übertragungswege erklären.

Was macht ihr denn den ganzen Tag? Tragt ihr die Masken auch über die Augen und Ohren oder was läuft da schief mit euren Synapsen?

Hier das, was wir wirklich während der Pandemie opfern müssen und was wir immer noch an Freiheiten haben:

- Vielleicht zehn oder fünfzehn Minuten länger beim Einkaufen einplanen, wegen den Abstandsregeln und der eingeführten Mindestanzahl an Kunden pro Quadratmeter einer Ladenfläche

- Schließung von Frisören, Kulturstätten, Restaurants, Kneipen und Bars

- Ausgangssperren je nach Inzidenzfallzahlen

- Mundschutz, der auch lustig und bunt aussehen darf und keine Einheitsnorm hat wie ein Notausgangsschild oder Feuerlöscher oder all die genormten Dinge, außer Netzteile für Smartphones

- Internet und Fernsehen funktioniert weiterhin ohne Zensur und es kommen auch weiterhin neue Filme und Serienfolgen. Gott sei Dank, der Bergdoktor und die Rosenheim Cops werden auch in der Pandemie weiter produziert. Manchmal bin ich gezwungen, eine Wiederholung anzuschauen, aber das gab es vor Corona auch schon

- Keinen bis wenig Sommerurlaub in den Süden oder überhaupt irgendwohin mit dem Schiff, Zug oder Flugzeug, außer an die Nordsee oder ins Bergische Land. Die fünfzehn Km-Sperre blieb uns erspart. Danke, dass ich in Deutschland leben kann und nicht jeden Tag ein Formular ausfüllen muss, wohin ich gerade gehen muss. Dass ich ohne Ausweiskontrolle zur Arbeit oder zum Supermarkt kann und dass ich nicht nur eine Stunde am Tag spazieren gehen darf, sondern eine mehrstündige Wanderung in der Natur machen kann.

- Die Staatshilfen für Gewerbe sind leider kein so positives Thema. Nachdem die Politik bei der Flüchtlingskrise Unternehmen regelrecht angefleht haben, Asylsuchende zwangszuintegrieren, lässt der Staat die Unternehmen, die jetzt selbst Hilfe benötigen, im Stich. Das ist kein feiner Zug, sondern führt nur dazu, dass jetzt wohlmöglich gar keiner mehr etwas zur Flüchtlingsfrage beisteuern wird und die Politik nur ihr Problem verschoben hat. Wohlmöglich wird nach der Pandemie gar keiner mehr irgendwo integrieren und den Staat dann mit der Flüchtlingskrise im Stich lassen, bis auf ein paar Einzelkämpfern aus dem Volk, wenn die jetzt nicht auch ganz schnell ihre Meinung geändert haben

158

- Reduzierung von sozialen Kontakten durch Freunde und Familie bzw. die neuen Haushaltsregeln mit Bußgeld

- Fast Food und Slow Food to go. Wir müssen weiterhin nicht jeden Tag selbst kochen, um satt zu werden.

- Mehr Verunreinigung von Lebensmitteln im Supermarkt durch Infektionsmittel in Produktionsstätten. Also Metall oder Plastiksplitter in Nahrungsmitteln oder Mineralölrückstände in Nudelprodukten gab es auch schon vor Corona, nur jetzt häufen sich die Rückrufe von Supermärkten doch schon fast im Tagesrhythmus.

Einkaufserlebnisse die Sechste –
Die Hamster sind ausgebrochen

Ach du lieber Schreck. Was war dann denn plötzlich nicht richtig. Leere Regale? Und gleich mehrere? Und das in Deutschland? Sie haben richtig gelesen.

Das ist kein Fake. Und ich sagen Ihnen noch etwas: Diese leeren Regale gab es bundesweit und für mehrere Wochen. Nun gut. Jetzt hat auch Großbritannien das Problem zu Hauf und das gleich mit fast allen Regalen mit importierten Artikeln, aber das ist wieder ein ganz anderes Thema.

Seit Anfang der Pandemie bzw. kurz vor dem ersten Lockdown 2020 sind auch gleich sämtliche Hamster aus vielen Haushalten aus ihren Ställen ausgebrochen und haben so ziemlich alles mit ihren kleinen Pfötchen unter ihre kleinen Ärmchen geklemmt, was sie zu fassen bekamen und auch noch ihre Bäckchen vollgestopft und wenn auch nur eine halbe oder viertel Toilettenpapierrolle reingepasst hat.

Hauptsache, sie konnten den anderen Tieren genug wegstibitzen. Binnen weniger Tage kam es dann schon zu Lieferengpässen bei Toilettenpapier, Küchenrollen, Mehl, Hefe, Pasta und Tomatensoßen.

Wenn das Hamstermännchen nicht alles auf einmal aus dem Supermarkt schleppen konnte, hat es einfach das Hamsterweibchen nochmal extra losgeschickt oder befohlen, einen anderen Supermarkt unsicher zu machen. Haben sie schon mal beobachtet, wenn mehrere Hamster im Käfig aufeinandertreffen, was das für ein Gewusel ist?

Mit Sicherheit. Überall lag jetzt Stroh in den Fluren und in den Regalen standen dann, wenn man Glück hatte, noch angenagte, halbleere Packungen. Ich hätte nie für möglich gehalten, wie viel Futterneid so ein Hamster besitzen kann und wie viel Cleverness in so einem doch recht kleinen Gehirn stecken kann, um andere Tiere auszutricksen. Aber im Ernst.

Unsere Nachbarländer brachen schon in Gelächter aus über diese absurde Toilettenpapiermanie und ganz ehrlich, soviel mehr kakad man auch während einer Pandemie nicht. Die Homeoffice-Leute vielleicht, aber die haben sich vorher auch nochmal ordentlich mit Toilettenpapierrollen von der Firma bedient, bevor es endgültig Büros untersagt war, die Mitarbeiter in einen Raum zu sperren und brainstormen zu lassen.

Aus sicherer Quelle wurden aber nicht nur Toilettenpapierrollen mit nach Hause

genommen, sondern auch noch andere Bü-
routensilien wie Bürostühle, Monitore, PCs,
Büroklammern, Stifte, Blöcke, Stempelkis-
sen, Tacker und Tackernadeln, Kaffeeboh-
nen, Kaffeemilch, Zucker, Geschirr, Besteck,
na halt so alles, was man eben zum arbeiten
braucht. Die Büros waren oder sind nicht nur
menschenleer, sondern inventarlos.

Fast. Der Schreibtisch war den meisten
wohl dann doch zu groß für den Firmenwa-
gen. Aber die Bürobeleuchtung, die nicht
fest montiert war, ging auch noch mit. Man
kann ja schließlich nicht erwarten, dass man
jetzt auch noch die eigene Privatglühbirne
brennen lassen muss, wenn man sich sonst
normal tagsüber auf Arbeit befindet.

Da wären wir wieder beim Hamster. So
ein Hamster ist es ja von Natur aus gewohnt,
es sich schön im Käfig gemütlich zu machen. Alles auszupolstern, damit er sich
richtig wohl fühlt. Der Homeofficer ist wohl
nicht so ganz begeistert von seinem neuen
Platzproblem. Die Speisekammer bricht aus
allen Nähten, weil das ganze Mehl, die Pasta
Packungen und Dosenkonserven und die
ganzen Klorollen wirklich viel Raum in Anspruch nehmen.

Im Arbeitszimmer sieht es aus, als hätte
das Sozialkaufhaus neue Gebrauchtware
erhalten, die überall mit Firmenaufklebern
versehen waren, weil nicht nur der Mann
oder die Frau des Hauses sein/ihr Büroin-
ventar nach Hause verfrachtet hat, sondern
die Frau oder Partnerin oder Partner sich
genauso ohne zu fragen ihren Arbeitgeber

seines Eigentums beraubt hat. Manche Menschen sind wirklich nicht zu übertreffen.

Doch. Stimmt nicht. Einige kamen auf die clevere Idee, genannte gehamsterte Artikel doch tatsächlich für teuer Geld bei Ebay anzubieten. Also schien die Not und Verzweiflung doch nicht so groß gewesen zu sein. Ich dachte mir das schon.

Nein. Lieber rupfe ich meinen Zimmerpflanzen oder dem Feigenbaum vom Nachbarbalkon ein paar Blätter ab für den Toilettengang oder wandle meine neue Lotuswaschschale im Bad zum Bidet um, bevor ich diese Niederträchtigkeit auch nur ansatzweise unterstütze.

Nachdem sich dann die klugen Köpfe der Supermarktketten Strategien ausgedacht haben, diesen Hamsterwahn zu unterbinden, indem sie die Mindestanzahl diverser Sanitärartikel einführten oder pro weiterer Packung Papierrollen oder Toilettenpapier um 5€ Kaufpreis erhöhten, schien man den Hamsterrudeln mit der Kampfansage doch tatsächlich Einhalt geboten zu haben.

Vorerst. Die Lage beruhigte sich ein wenig. Es verschwanden zwar bekannte Marken aus den Regalen, die mit der Nachproduktion überfordert waren, und nun gab es eben Gloria Rollen anstatt Henkel, aber der Sturm hatte sich gelegt.

Als dann auch den Hamstern so langsam ein Licht aufging, dass ihr Toilettenpapier wohlmöglich bis in die weiteren drei Generationen reichen wird, oder ihnen bewusst war, dass vielleicht auch die Menschen an der Pandemiefront gerne etwas zu essen oder zum komfortableren Kakan brauchen, fingen die ersten Hamster an, ihr Bündel vom Überschuss zu packen und bei den Supermärkten und Drogeriemärkten um Umtausch oder Rücknahme zu bitten.

Das hielt dann genau bis zum nächsten Lockdown im Winter 2020 an, wo dann das ganze Spiel von vorne begann. Ich habe genau eine XL-Packung an Toilettenpapier gekauft, die mir ganze drei Monate gereicht hat. Und ich habe gekakad wie sonst auch. Manchmal sogar mehr, weil ich während der Pandemie mehr Kohl und Vollkornbrot esse. Ich sage ja.

Der Menschheit darf nie mehr so etwas Schlimmes wie ein Krieg oder eine weltweite Naturkatastrophe passieren.

Wir wären schneller verloren, bevor das allerletzte wirklich allerallerletzte Fitzelschen Toilettenpapier verkakad wäre.

...ENDE GUT ALLES GUT?

Wir werden sehen!

Bereits erschienen:

Marco Boulanger
»Canarian Nights«
Kurzgeschichten aus dem Süden

Tristan Soviak
»KALEM- Schüler ohne Reue
Vogtners und Tannenbergers Erster Fall«
Neue Krimireihe Band 1

Marco Boulanger
»Call me now«
Drama

Marco Boulanger
»Coming In Coming Out«
Kurzgeschichten

Marco Boulanger
»Wir sind noch hier«
Drama

Demnächst erhältlich:

Marc Schneid
»Gundel und ihre Geschwister«
Unterhaltungsratgeber Burnout

Tristan Soviak
»Wut – Blutdurst Band 1«
Neue Buchreihe (Thriller)

Tristan Soviak
»BRUT– Düstere Nachgeschichten«
Kurzgeschichten

Marc Schneid
»Dann kam Kalle «
(Roadtripdrama)

Marc Schneid
»Wild Boys«s
(Abenteurroman)